De week waarin Bastiaan Nobel zich vreselijk vergiste

Ingrid Bilardie

De week waarin Bastiaan Nobel zich vreselijk vergiste

Illustraties Merel Corduwener

Troef-reeks

Deventer
Van Tricht *uitgeverij*, 2014
www.vantrichtuitgeverij.nl

Inhoud

HOOFDSTUK 1

Rotfiets

(maandagmiddag)

'Stomme sleutel!'
Bas perst zijn lippen op elkaar.
Hij probeert nu al vijf minuten om zijn fietsslot open te maken.
Maar het lukt niet.
Eerst kon Bas de sleutel wel in het slot steken, maar kon hij hem niet omdraaien.
En nu krijgt hij de sleutel niet eens meer in het slot.
Waarom wil het niet?
Vanmorgen ging het nog goed.
Bas blaast op zijn vingers.
Hij is moe en zijn vingers voelen stijf van de kou.
Was zijn beste vriend Robbe maar hier om hem te helpen.
Ze fietsen altijd samen naar huis op maandag.
Bas wilde Robbe vandaag vragen of ze samen konden gamen.
Bij Robbe thuis natuurlijk, waar ze altijd spelen.
Maar Robbe was vandaag niet op school.
Niemand weet waarom hij er niet was.
Het slot wil nog steeds niet open. Bas trapt tegen de fiets.
Alles gaat mis vandaag.
Het begon vanmorgen al met Ewa en haar gezeur.

Ewa is de stiefmoeder van Bas.
Ze zeurt echt altijd.
Over de kleren, die Bas nooit in de wasmand doet.
Over dat hij netjes 'dag' moet zeggen, als hij weggaat.
En ze vraagt zoveel: 'Wat is er, Bastian?
Kan ik je helpen, Bastian?
Voel jij je wel goed, Bastian?'
En ze praat altijd raar.
Haar zinnen kloppen niet.
Ze praat steeds Nederlands met Pools er doorheen.
Vanmorgen zeurde ze, dat Bas zijn ontbijtspullen moest
opruimen.
'Nee,' zei hij toen.
Gewoon, alleen maar nee.
Daarna liep hij weg.
Zonder gedag te zeggen.
Hij weet hoe erg ze dat vindt.
Wedden dat Ewa nu kwaad op hem is?
Nou, dan heeft ze pech gehad.
Ze is zijn moeder niet!

Ewa is de nieuwe vrouw van zijn vader.
Ze is blond.
Ze is Pools.
En ze is niet zijn moeder.
Ze zegt zijn naam niet eens goed: Bastian.
Ewa belt vaak met haar vriendinnen.
Dan praat ze heel vlug in het Pools
Bas verstaat er geen woord van.
Maar hij hoort wel steeds zijn naam: 'Bastian.'
Roddelen, dat doet ze.
Roddelen met haar vriendinnen, over hem.

Bas probeert de sleutel weer in het fietsslot te steken.
Het lukt echt niet.
De sleutel glijdt weg.
Bas schuurt met zijn hand langs het slot.
Het metaal is scherp.
Hij haalt zijn hand eraan open.
Meteen stroomt er bloed uit de wond.
'Stom, stom, stom rotding!' scheldt Bas.
Hij trapt hard tegen de fiets.
De fiets schudt in het rek.
Bas trapt nog een keer, nog harder.
'Bas, selam!
Wat sta jij daar nou te doen, joh?'
Bas kijkt op.
Tegenover hem staat Karim.
Karim, die al veel langer in Nederland woont dan Ewa.
En Karim zegt nog steeds 'selam'.
Hij zegt niet 'hoi', of 'dag', of 'hoe is het'.
Maar 'selam'.
Waarom?
Wat is er zo moeilijk aan het woordje 'hoi'?
Wat is er zo moeilijk aan Nederlands?
'Man, rot toch op,' zegt Bas kwaad.
'Blijft je slot hangen, Bas?
Dat had ik ook.
Het komt door de kou.
Zal ik je helpen?' vraagt Karim.
Karim komt dichterbij.
'Nee, ga weg!' zegt Bas meteen.
'Ik wil graag helpen, hoor,' zegt Karim.
Bas kijkt op.
Karim staat nu vlak bij hem.

Die stomme dag.
Dat stomme slot!
En die stomme Karim.
Bas voelt zich ineens zo kwaad worden.
Karim staat daar maar.
Waarom gaat hij niet gewoon weg?
Bas zei toch: 'Ga weg.'
Verstaat Karim dat ook niet?
Bas kijkt Karim recht aan.
'Kom niet aan mijn fiets, met je gore poten,' zegt hij.
'En rot op.
Rot op, ga weg.
Pak de bus naar je eigen land!'
Zo! Dat begrijpt Karim wel.
Karims ogen worden groot en donker.
Hij opent zijn mond en doet hem dan weer dicht.
Alsof hij niet weet wat hij moet zeggen.
Yes!
Bas voelt zich geweldig.
Dit is veel beter dan schelden op een fiets!
Karim zijn vrolijke lach is helemaal weg.
'Bas, ik wilde alleen maar helpen hoor,' zegt Karim.
Bas grijnst en kijkt Karim recht aan.
Hij trekt zijn mond een beetje scheef.
Zo kijkt hij goed vals, weet Bas.
Als hij zo naar Ewa kijkt, dan loopt ze weg.
Karim plukt nerveus met zijn vingers aan zijn
spijkerbroek.
Mooi zo.
Hoe zenuwachtiger Karim wordt, hoe leuker het is.
'Rot op!' roept Bas, zo luid hij kan.
Karim loopt achteruit weg.

Hij loopt met kleine pasjes.
En hij blijft Bas aankijken.
Wauw. Is hij bang?
Echt waar, is Karim bang voor Bas?
'Kruip maar weg in je grot, geitenboertje!' roept Bas.
Karim loopt nu sneller achteruit.
Zodra hij uit de fietsenstalling is, rent hij weg.
Bas klapt in zijn handen.
'Haha, goed zo!' roept hij.
Bas is nu niet meer boos.
Hij voelt zich veel rustiger.
Zijn handen trillen niet meer.
Hij pakt de fietssleutel en steekt hem in één keer in het slot.
Soepel draait hij het slot open.
Met een flinke ruk trekt Bas zijn fiets uit het rek.
Hij wil liever niet naar huis.
Maar hij kan nergens anders heen.
Als hij thuis meteen naar boven loopt, hoeft hij Ewa niet te zien.
Dan kan hij naar zijn eigen kamer gaan en rustig worden.
Bas wil opstappen en wegfietsen.
Dan ziet hij Tisa.
Ze staat in het donkere deel van de fietsenstalling.
Waarom staat Tisa daar?
Tisa is zijn vriendin, al vanaf groep drie van de basisschool.
Bas kent haar lesrooster net zo goed als zijn eigen rooster.
Op maandag is zij al om 2 uur vrij, weet hij.
Heeft ze op hem gewacht?

Maar waarom komt ze niet naar hem toe?
Bas steekt zijn hand op en zwaait kort.
Tisa zwaait niet terug.
Ze kijkt naar Bas.
Nee, ze staart naar hem.
Heeft ze alles gezien en gehoord?
Bas krijgt het benauwd als hij daaraan denkt.
Heeft Tisa gezien, dat hij op Karim schold?
'Tot morgen,' roept Bas.
Tisa zegt niets terug.

HOOFDSTUK 2

Snelle woorden

(dinsdagochtend)

De volgende dag voelt Bas zich nog veel rotter.
Ewa mopperde vanmorgen alweer op hem.
Van Robbe heeft hij niets gehoord.
Zelfs niet via Facebook of op zijn mobiel.
Daarom fietste Bas weer in zijn eentje naar school.
In de klas gaat het al niet veel beter.
Tisa zegt de hele ochtend niets tegen hem.
Hun tafels staan vlak bij elkaar.
Maar Tisa kijkt niet eens naar Bas.
Als de pauze begint, loopt Tisa zwijgend naar buiten.
Het is of ze Bas niet ziet staan.
Pas als het plein vol leerlingen staat, loopt Tisa naar Bas
toe.
Ze gaat tegenover hem staan.
Bas is daar bijna blij om.
Al weet hij dat ze ruzie gaan maken.
Tisa is heel boos.
Dat ziet Bas aan de strakke lijnen rond haar mond.
'Zeg Bas, wat deed jij nou gisteren?' zegt ze.
Bas weet meteen wat Tisa bedoelt.
Het gaat over het gesprek met Karim, natuurlijk.
Al was dat eigenlijk geen gesprek.
Bas schold en Karim moest luisteren.
Bah. Waarom moest Tisa dat nu net horen?

Hij kan zelf niet eens uitleggen waarom hij zo kwaad op
Karim werd.
En hij wil het ook niet uitleggen!
Bas steekt zijn kin in de lucht.
Hij kijkt met opzet zo stoer mogelijk.
'Hoe bedoel je, gisteren?' vraagt hij.
Tisa zet haar handen in haar zij:
'Je weet best wat ik bedoel.
Je zei geitenboer tegen Karim.
Dat kun je niet maken, man!
Zulke dingen kun je niet zeggen.'
'Ik weet niet waar je het over hebt,' zegt Bas koppig.
De ogen van Tisa glinsteren gevaarlijk.
Ze lijken wel zwart van kleur.
Normaal zijn Tisa's ogen heel mooi blauw.
Gisteren in de fietsenstalling keek ze precies zo,
herinnert Bas zich.
Met van die donkere, boze ogen.
'Vind je Nadia ook een geitenboer?' vraagt Tisa.
'Ja, vertel eens Bas, hoe zit dat?' vraagt Nadia.
Nadia is plotseling naast Tisa gaan staan.
Ze komt ook uit Marokko, net als Karim.
Ze is al heel lang een vriendin van Tisa.
Ze zitten samen op voetbal.
En ze shoppen vaak samen.
Soms gaat Bas ook mee.
Nadia is dan altijd vrolijk, maar nu kijkt ze net zo boos
als Tisa.
Bas wordt ineens heel zenuwachtig.
'Geitenboerin, dan altijd nog,' zegt hij.
Hij probeert er stoer bij te kijken.
Misschien loopt Nadia dan wel weg, net als Karim.

Maar het klinkt ineens zo grappig: geitenboerin!
Bas moet op zijn lip bijten om niet te lachen.
Maar Nadia knijpt haar ogen tot boze spleetjes.
Ze moppert en mompelt onduidelijke woorden.
Bas verstaat er niets van. Alweer niet!
Nu is Bas niet meer zenuwachtig.
Hij wordt boos.
Heel boos.
'Praat eens gewoon!' roept hij.
Hij roept zo luid dat veel kinderen stilstaan om naar hen
te kijken.
Nadia doet van schrik haar mond dicht.
'Doe niet zo ontzettend lullig, Bastiaan Nobel,' zegt
Tisa.
'Wat zeg jij?' vraagt Bas.
Hij kijkt Tisa kwaad aan.
'Nadia is onze vriendin,' zegt Tisa.
'Nou en?
Ik wil dat jullie gewoon Nederlands praten.
Ik haat dat gemekker!' roept Bas luid.
Meteen krijgt hij spijt.
Maar het is al te laat.
Tisa's handen trillen, ziet Bas, zo kwaad is ze.
Oei.
Nu wil hij het eigenlijk meteen goedmaken.
'Sorry' zeggen en uitleggen dat hij het niet zo bedoeld
heeft.
Hij krijgt het er warm van.
Het zweet op zijn lijf prikt en kriebelt.
Maar er is nog iets.
Karim wilde alleen maar helpen met dat stomme slot,
dat begrijpt Bas nu wel.

Maar toen Bas hem uitschold, werd Karim bang en rende hij weg.

Dat voelde zo goed.

Alsof Bas nu eindelijk eens de baas was.

Hij voelde zich daarna veel minder boos.

Als hij Tisa en Nadia nu uitscheldt, rennen zij hopelijk ook weg.

'Als jij je zo gedraagt, wil ik je vriendin niet meer zijn,' zegt Tisa.

'Pff,' zegt Bas. Hij schudt zijn donkere haren naar voren.

Ze hangen in zijn gezicht, voor zijn ogen.

Hij gluurt onder de plukken haar door en grijnst.

Zo ziet hij er griezelig uit en dat weet Bas best.

'Ik heb jou helemaal niet nodig als vriendin, Tisa,' zegt hij langzaam en duidelijk.

Het woelt en draait in zijn maag.

Maar het voelt goed, om zo stoer te praten.

'Ik mag zeggen wat ik wil, dit is een vrij land.

Als je het niet met mij eens bent, dan rot je maar op,' zegt hij.

Nadia loopt verder bij hen vandaan.

Mooi zo, zij is dus al bang.

Alleen bij Tisa werkt het niet.

Tisa blijft boos kijken.

'Zeg je nu tegen Nadia dat ze moet oprotten?' vraagt ze.

'Dat kan je niet menen, Bas, wat een onzin.

Ze is toch ook jouw vriendin?'

Zonder erbij na te denken doet Bas een stap naar voren, zodat zijn tenen die van Tisa raken.

'Vrijheid van meningsuiting, Tisa.

Ik vind dat Nadia niet mag mekkeren als een geit,' zegt hij heel rustig.

16

Het is doodstil geworden op het plein.
Iedereen staat naar hen te kijken.
'Loser,' hoort Bas iemand fluisteren.
Bas draait zich meteen om zodat hij kan zien wie dat zegt.
Verschillende kinderen krimpen in elkaar als hij naar hen kijkt.
Het warme, trotse gevoel in zijn buik wordt sterker.
Ze zijn allemaal bang voor hem!
Net goed.
'Ja, mensen, vertel maar waarom hier zoveel herrie is,' zegt een strenge stem.
Bas schrikt.
Het is meneer Woudenberg!
Woudenberg kijkt eerst naar Tisa en dan naar Bas.
'Wat is hier aan de hand?' vraagt hij.
'Bas noemde Nadia een geitenboer,' zegt Tisa direct.
'En hij zegt dat ze mekkert.'
Bas knippert met zijn ogen van schrik.
Tisa, zijn vriendin, verklikt hem zomaar!
Dat had hij niet verwacht.
Nee, ze is geen vriendin meer, dat is voorbij.
Laat Nadia haar vriendin maar zijn.
Bas kijkt meneer Woudenberg recht in de ogen.
Hij kijkt zo eerlijk en oprecht als hij kan.
'Dat was maar een mening, meneer.
We hebben toch vrijheid van meningsuiting?' zegt hij.
Hij praat rustig, alsof hij het echt vraagt.
'Bastiaan Nobel, je weet best wat je verkeerd gedaan hebt.'
Woudenberg kijkt Bas streng aan.

Bas wil iets terug zeggen, maar zijn mond is ineens kurkdroog.
Praten lukt niet meer.
Stomme Woudenberg.
Het liefst rent Bas nu hard weg.
Maar hoe moet dat als iedereen kijkt?
Hij plukt aan de zak van zijn spijkerbroek.
Woudenberg wacht op zijn antwoord.
Tisa en Nadia staan achter hem, met hun handen op hun heupen.
Tisa... straks zit hij weer naast haar in de klas.
Daar had hij nog niet aan gedacht.
Woudenberg vraagt: 'Moet ik straffen gaan verzinnen?'
Plotseling herinnert Bas zich de straftafel.

Die staat op de voorste rij in de klas, in de hoek bij de deur.
Normaal zit daar niemand.
Meneer Woudenberg geeft haast nooit straf.
Maar als Bas zich niet gedraagt... dan is de straftafel voor hem.
Een vluchttafel, dat is het!
Hij hoeft alleen maar te zorgen dat Woudenberg hem straf geeft.
'Jullie zijn allemaal gek!' roept hij. 'Knettergek!'
Dan rent hij, zo snel als hij kan, weg op zijn versleten sportschoenen.
Achter de fietsenstalling vindt Bas een plek om tot rust te komen.
Hij hijgt van het harde rennen en zijn wangen zijn drijfnat van het huilen.
Maar hier is hij eindelijk alleen.

Erwin

(dinsdag, in de pauze)

Achter de fietsenstalling is het niet zo rustig als Bas wil.
Hij hoort het geroep van de leerlingen op het plein.
Groepjes brugklassers rennen door elkaar.
De tegels op het plein trillen ervan.
Een paar oudere jongens gaan in de fietsenstalling
staan.
Eén van hen steekt een sigaret op.
De scherpe rook bijt in Bas zijn neus.
Bas wil net weglopen als de jongens beginnen te praten.
'Ik vond het wel stoer,' zegt één van hen.
'Pff. Je eigen vrienden beledigen, dat noem ik stom, niet
stoer,' zegt de ander.
'Waren dat zijn vrienden?
Wat een eikel,' zegt de ene jongen weer.
Bas legt zijn hoofd op zijn knieën en doet zijn ogen
dicht.
Het gesprek van die twee jongens gaat vast over hem.
Hij wilde dat hij naar een andere plek was gerend.
Een plek heel ver weg van hier.
Naar het treinstation, en dan de trein in en heel ver
reizen.
Bas buigt voorover.
Hij steunt met zijn hoofd op zijn knieën.
Zijn broek ruikt naar wasverzachter.

Het is dezelfde die zijn moeder altijd gebruikte, voor ze ziek werd en doodging.
Daarna deed zijn vader af en toe de was.
Zonder wasverzachter.
En meestal droegen ze gewoon hun vieze kleren nog een keer.
Nu doen Ewa en zijn vader het huishouden samen.
En eigenlijk doet Ewa het meeste.
Elke week liggen er schone kleren in zijn kast.
Stiekem is dat wel fijn.
Maar Ewa had best een andere wasverzachter kunnen kiezen.
Bas knijpt zijn ogen dicht.
Stomme tranen.

Na een tijdje merkt Bas dat het rustiger wordt op het schoolplein.
Ook de rokende jongen en zijn vriend lopen weg.
De pauze zal wel voorbij zijn.
Bas gaat rechtop zitten en steunt met zijn hoofd tegen de planken van het fietsenhok.
Moet hij met de andere leerlingen mee naar binnen gaan?
Of kan hij beter wachten tot meneer Woudenberg hem komt halen?
Bas voelt zich een beetje misselijk.
Als hij naar de klas gaat en niet aan de straftafel mag zitten, dan moet hij naast Tisa.
Dat is echt erg.
Waarom zei hij dan ook 'knettergek.'
Dat is helemaal geen verschrikkelijk woord.
Iedereen zegt wel eens 'knettergek.'

Hij had moeten zeggen dat Woudenberg een mekkerende geit was.
Of een laf schaap.
Dan had hij zeker een plekje aan de straftafel verdiend.

Plotseling valt er een schaduw over hem heen.
Bas zucht.
Daar heb je het al.
Er staat iemand voor hem.
Meneer Woudenberg?
Bas knijpt zijn ogen tot spleetjes om tegen het licht in te turen.
Hij ziet alleen een zwarte schaduw.
Maar het is Woudenberg niet, dat ziet hij wel.
'Ik hoorde wat je zei, op het plein,' zegt de zwarte schaduw.
Bas weet nu zeker dat het Woudenberg niet is.
De zwarte schaduw is gewoon een jongen.
'Ik vond het wel stoer, wat je zei,' zegt de jongen.
Bas haalt zijn schouders op.
Wat kan hem het schelen, of iemand hem stoer vindt.
'Moet je niet naar de klas?' vraagt hij.
'Geen zin,' zegt de jongen.
Voor Bas kan protesteren, gaat de jongen naast hem zitten.
Ze zitten een tijdje stil naast elkaar.
Bas hoopt dat de jongen weggaat, als het zo stil blijft.
Er is iets aan de jongen, waar hij de kriebels van krijgt.
Niet dat hete, boze gevoel, maar andere kriebels.
Het lijkt er bijna op alsof Bas bang is.
Wat natuurlijk onzin is, deze jongen heeft hem niets misdaan.

Maar toch voelt het niet goed.
'Dat hebben we nodig,' zegt de jongen dan.
Bas blijft zwijgen.
Hij weet niet waar de jongen over praat, maar hij wil het niet vragen.
'Jongens die zeggen wat ze denken.
Over buitenlanders en zo,' praat de jongen verder.
'Al die buitenlanders komen ons geld opmaken.
En onze spullen stelen.
Dat moeten we niet hebben.
Maar iedereen houdt zijn mond erover.
Behalve jij.
Echt cool man!
Kerels zoals jij kunnen wij goed gebruiken.'
De jongen slaat op Bas zijn schouder.
'Je moet maar eens bij mijn groep komen kijken.
Ik weet dat het lijkt alsof je er alleen voor staat.
Maar er zijn echt meer mensen die er zo over denken als jij,' zegt de jongen.
Hij schuift wat dichter naar Bas toe.
Bas wil opzij schuiven.
Maar het lijkt alsof hij zich niet kan bewegen.
Dus trekt hij alleen zijn armen wat strakker om zijn knieën.
'We zijn al met tien man,' zegt de jongen.
Het klinkt alsof hij een geheim verklapt.
'Tien man, tegen het onrecht in de wereld.
Tegen alle buitenlanders die hier rondlopen.
We vechten ze gewoon het land uit,' zegt de jongen vlakbij Bas zijn oor.
Dan schuift hij weer bij Bas vandaan.
Bas haalt opgelucht adem.

De jongen schuift een pluk van zijn keurige kapsel naar achteren.
'We zitten elke dag na schooltijd met de hele club bij de snackbar.
Als je wilt praten, kerel, dan ben je welkom.
Ik ben Erwin.'
De jongen lacht vriendelijk naar Bas.
Hij steekt ook zijn hand uit.
Maar Bas doet net alsof hij diep nadenkt en dat niet ziet.
'Ik zie het al, je moet erover nadenken. Dat mag hoor, dat is prima,' zegt de jongen.
Weer slaat hij Bas op zijn schouder.
Ditmaal slaat hij zo hard dat het pijn doet.
Bas staat op.
Zonder iets tegen de jongen te zeggen, loopt hij weg.
Hij wil nog liever naast boze Tisa zitten, dan naast deze jongen.

Ga weg!
(dinsdagmiddag)

HOOFDSTUK 4

Aan het einde van die dag heeft Bas zijn vriend Robbe
nog niet gezien.
Dus fietst hij weer alleen naar huis.
Bas maakt zich zorgen.
Misschien heeft Robbe gehoord wat er vanmiddag op
het plein gebeurde.
Misschien is Robbe nu net zo boos op hem als Tisa is.
Misschien stuurt hij daarom geen bericht naar Bas.
Tisa is de hele dag boos geweest.
Bas kreeg geen plek aan de straftafel.
Tisa zat naast hem.
Maar ze deed de hele dag net alsof Bas er niet was.
En dat was niet alles.
Het lijkt wel alsof iedereen over de ruzie weet.
Sommige jongens uit de hogere klas feliciteerden hem.
Het waren vrienden van Erwin.
Ze sloegen op zijn rug, net zoals Erwin deed.
Anderen gingen hem uit de weg.
Ze riepen woorden als 'loser' en 'sukkel'.
Bas heeft er hoofdpijn van gekregen.
Het is een scherpe, vervelende pijn, die precies boven
zijn rechteroog zit.

Als hij geluk heeft, is zijn vader niet thuis.

Ewa heeft het dan altijd druk met bellen naar haar vriendinnen.
Als hij meteen doorloopt naar zijn kamer hoeft hij haar niet eens te zien.
Hij knijpt zijn ogen dicht, stevig dicht.
Hopelijk kan hij zo de pijn wegduwen.
Het is zo'n puinhoop geworden!
Met iedereen ruzie maken, dat is niets voor hem.
Slapen wil hij, in zijn eigen bed, diep onder de dekens.
Slapen tot het allemaal weg is.
De hoofdpijn, de ruzies: alles moet weg.

Natuurlijk loopt het anders.
Ewa is thuis en ze zit zelfs op hem te wachten.
'Bastian, wij moeten even praten,' zegt ze, als Bas binnen is.
'Ik wil niet praten. Koppijn,' zegt Bas en hij wil doorlopen.
Dan voelt hij haar hand op zijn schouder.
Waarom wil iedereen hem aanraken, vandaag?
Bas schudt haar hand van zijn schouder af.
'Toe, Bastian,' zegt Ewa.
'Je hebt vast wel een paar minuten over.'
'Ik heet Bastiaan, niet Bastian,' zegt hij.
Het grote, kwade gevoel laait ineens weer op.
Hij voelt het helemaal tot in zijn vingertoppen
Zijn vingers gaan naar de zakken van zijn spijkerbroek.
Ze plukken onrustig aan de stof.
'Het duurt maar even,' zegt Ewa.
'Het gaat over het ontbijt.
Ik heb met je vader besproken dat het beter is, als we samen ontbijten.

Dat is goed voor het familiegevoel.'
'We hoeven niet te praten over het ontbijt,' snauwt Bas.
'Ik heb geen familiegevoel voor jou.
Ik ontbijt gewoon helemaal niet meer, goed?
Heb je ook geen last van me.
Kun je daarmee leven, in mijn huis?'
'Bastian! Jij hebt een grote mond!' roept Ewa.
Ja, nu is ze boos.
Boos omdat zij de baas wil zijn natuurlijk.
Bas schudt zijn hoofd.
Zijn haren komen in zijn gezicht, voor zijn ogen.
Hij kijkt Ewa zo lelijk aan als hij durft.
Ze loopt altijd weg, als hij zo naar haar kijkt.
Meestal steekt ze dan haar kin in de lucht.
Ze doet dan net of ze hem niet ziet.
Maar alles is anders vandaag.
Ewa draait zich niet om en ze loopt niet weg.
Ze blijft hem gewoon aankijken.
'Wat moet je nou?' vraagt Bas.
Zijn hart bonst zo hard, dat hij er beverig van wordt.
Waarom loopt Ewa nou niet weg?
Weet ze niet hoe hij zich voelt?
Voelt ze niet hoe graag hij haar wil slaan?
Hij veegt zijn vochtige handen droog aan zijn
spijkerbroek.
'Bastian, wij moeten goed met elkaar omgaan.
Dat zegt je vader ook,' zegt Ewa.
'Mijn vader?' roept Bas uit.
'Wat heb jij te zeggen over mij of over mijn vader?
Je bent alleen maar met hem getrouwd, omdat hij geld
heeft en jij niet!
Ga toch terug naar je eigen land!

Dan kan je de hele dag Pools praten.
Dat wil je toch zo graag?'
Ewa's blauwe ogen worden een tint donkerder.
'Zo is 't wel genoeg, Bastian Nobel,' zegt ze.
Haar stem klinkt ineens een stuk zwakker.
'Het is toch zo?' zegt Bas luid, recht in Ewa's gezicht:
'Je bent lelijk en je bent saai!
Geld opmaken en Pools praten, meer doe je niet!
Ik snap niet wat mijn vader leuk aan je vindt.
Je lijkt niet eens op mijn moeder!'
'Bastian!' Ewa heft haar handen naar hem op.
Hij ziet het rood van haar nagellak flikkeren.
Hij doet zijn ogen alvast dicht.
Sla maar, sla me dan, denkt hij.
Dan kan ik terugslaan.
Maar er gebeurt niets.
Als Bas zijn ogen weer open doet, is Ewa weg.
'Mooi,' zegt hij.
Hij moet het nog een keer zeggen voor hij het zelf
gelooft: 'Mooi.'
Dan rent hij naar boven, naar zijn kamer.
Hij slaat de deur zo hard dicht, dat de ruiten trillen.
'Mooi,' zegt hij nog een keer.
Maar als het allemaal zo mooi is, waarom voelt hij zich
dan zo ziek?

HOOFDSTUK 5

Spijbelen

(woensdagochtend)

Bas gaat niet naar school.
Vast niet, echt niet.
Hij heeft zijn boterhammen in een broodtrommel
gedaan.
En hij heeft wat boeken in zijn tas gedaan.
De tas heeft hij zelfs achterop zijn fiets gebonden.
Maar naar school gaan, echt gaan... Nee.
Hij staart naar zijn fiets.
Zijn ogen staan vol tranen.
Dat komt natuurlijk door de koude wind.
Die blaast zo de schuur in.
In school is het warm en droog.
Maar hij gaat echt niet.
Het kan niet!
Karim en Nadia zijn er natuurlijk ook.
Wat moet hij tegen hen zeggen?
En hij moet naast Tisa zitten.
Die naar hem kijkt alsof hij een monster is.
En in de pauze moet hij over het plein lopen.
Dan krijgt hij schouderklopjes van Erwins vrienden...
Dat is nog erger dan naast Tisa zitten.
Bas kijkt nog eens op het scherm van zijn mobiel.
Niets.
Nog steeds geen enkel bericht van Robbe.

Fijne beste vriend is dat!

Bas grijpt zijn fiets beet en rukt hem de schuur uit.

Hij trekt zo wild dat de trappers deuken maken in het kozijn.

Op enkele plekken gaat de verf eraf.

'Rotfiets,' scheldt Bas.

'Stom achterlijk rotding.'

Hij rukt en trekt net zo lang tot de fiets op het pad staat.

Dan fietst hij keihard weg.

De deur van de schuur blijft openstaan en dat kan hem niets schelen.

Ewa's fiets staat ook in de schuur.

Hij hoopt dat iemand hem steelt.

Net goed.

Bas fietst zo hard als hij kan.

Het maakt hem niets uit waar hij naartoe fietst.

Niet naar die achterlijke school, daar wil hij nooit meer heen.

Gewoon weg, rechtuit, zonder links of rechts te kijken.

Hij trapt zo hard hij kan, tot zijn nek nat is van het zweet.

Maar hoe langer hij fietst, hoe rustiger hij wordt.

Tot het helemaal weg is, dat nare, malende gevoel in zijn buik.

Bas mindert vaart.

Nu het nare gevoel weg is, hoeft hij niet zo snel te fietsen.

Hij kijkt om zich heen en ziet dat hij midden in het dorp is.

Vlakbij het grote plein, om precies te zijn.

Er zijn winkels en een kapper en een apotheek.

Daar is de snackbar, waar drie houten tafels voor de deur staan.

En aan een van de tafels zit Erwin.

Bas remt hard en stapt af.

Hij is zomaar naar de snackbar gefietst, zonder er echt over na te denken.

Wat ontzettend stom van hem.

Hij wil helemaal niet bij Erwin en zijn domme club horen.

Bas weet nu wie het zijn.

Die jongens zeiden dat hij het goed gedaan had, door op Nadia en Karim te schelden.

Het is een soort club.

De jongens dragen dezelfde kleding en hebben hetzelfde domme kapsel.

Ze zijn altijd maar bij elkaar, en ze doen niets.

Alleen een beetje stom rondhangen.

En schelden tegen buitenlanders.

Gelukkig zijn Erwins vrienden nu niet hier.

En Erwin kijkt naar zijn bakje patat.

Hij heeft Bas nog niet gezien.

Niemand hoeft te weten dat Bas hier is geweest.

Bas wil net weer op zijn fiets stappen en weggaan, als Erwin opkijkt.

Nee! Bas draait snel zijn hoofd om.

Zo kan Erwin zijn gezicht niet zien.

Maar het is al te laat.

'Hé, Bas,' roept Erwin vrolijk.

Hij steekt zijn hand op en zwaait.

Bas stapt op zijn fiets en crost zo snel als hij kan weg.

Wat stom van hem, om te blijven staan tot Erwin hem zag!

Bas fietst weer keihard.
Het dorp uit. Steeds verder.
Hij fietst tot zijn benen pijn doen.
Hij gaat helemaal naar de haven in het volgende dorp.
En dan nog fietst hij verder.
Naar de pier, die daar in het water is gebouwd.
Daar is echt nooit iemand.
Hij kan daar rustig zitten.
Naar de bootjes kijken en naar de golven luisteren.
Misschien wordt het dan eindelijk weer rustig in zijn
hoofd.

HOOFDSTUK 6

Melk

(woensdagmiddag)

Bas blijft de hele schooldag bij de pier.
Eerst is het nog een grote chaos in zijn hoofd.
Al zijn gedachten draaien door elkaar.
Hij ziet de gezichten van Tisa en Robbe voor zich.
Van Karim en Nadia. Van meneer Woudenberg.
En ook het gezicht van Erwin.
Steeds opnieuw denkt Bas aan Erwin.
Erwin, die niets verkeerd gedaan heeft.
Die eigenlijk juist aardig is, terwijl de anderen hem
ontwijken.
En toch krijgt Bas de kriebels, als hij aan Erwin denkt.
Hij rilt bij de gedachte aan Erwins hand op zijn
schouder.
Erwin doet zo vriendelijk tegen hem, maar waarom?
Zodat hij ook lid wordt van Erwins groepje, natuurlijk.
Dan heeft Erwin nog iemand om de baas over te spelen.
Maar hoe langer Bas naar de golven kijkt, hoe rustiger
hij wordt.
Na een uurtje denkt hij helemaal nergens meer aan.
Hij kijkt naar de eenden, die op het water dobberen.
Soms ziet hij in de verte een boot varen.
Hij zucht telkens heel diep, zonder het zelf te merken.
Maar al dat gezucht lucht wel op, hij voelt zich een stuk
beter.

33

Het is koud, maar zijn jas is dik en warm en de zon schijnt.

Hij eet zijn middageten met kleine happen, heel rustig.

Het is erg fijn om hier te zitten, zonder geschreeuw en gezeur.

Om kwart voor twee besluit Bas terug te fietsen.

Dan is hij net zo laat thuis als anders en lijkt het alsof hij netjes naar school is geweest.

Zo komt hij niet in de problemen.

De fietstocht naar huis valt tegen.

Vanmorgen fietste hij veel sneller dan nu.

Toen was hij nog zo boos.

De terugweg is langer dan hij dacht en hij heeft nog tegenwind ook.

Zijn vingers bevriezen bijna, zo koud voelt die wind.

En hoe dichter hij bij zijn huis komt, hoe erger dat vervelende gevoel in zijn buik weer wordt.

Daarom gaat hij steeds langzamer fietsen.

Aan het begin van zijn eigen straat staat Bas zelfs helemaal stil.

Daar is zijn huis.

Tja.

Het liefst reed hij nu terug naar de pier.

Lekker zitten, zonder gezeur.

Maar waar moet hij vannacht slapen, als hij op die pier blijft zitten?

Naar Tisa kan niet.

En Robbe...

Tot nu toe reageert Robbe nergens op.

Niet via de mail, niet op zijn telefoon.

Niets.

Het is vier uur als hij zijn fiets in de schuur zet.
Ewa rent meteen de schuur in.
'Waar heb jij gezeten?' vraagt ze.
'Weet je wel hoe ongerust we waren?
Je vader is al een uur naar jou aan het zoeken!
De school belde ons, omdat je daar vandaag niet bent
geweest.
Waar was je, Bastian?'
Bas zegt niets.
Zijn keel voelt dik en heet.
Als hij nu gaat praten, dan gaat hij huilen.
Hij probeert weg te lopen zonder Ewa aan te kijken,
maar ze gaat voor hem staan.
'Bas, lieverd, gaat het?
Is er iets mis?
Je ziet zo bleek.
Je bent toch niet ziek?' vraagt ze.
Ze klinkt plotseling heel vriendelijk.
Bas voelt de tranen in zijn ogen prikken.
Nee hè, hij gaat toch niet staan janken omdat iemand
aardig tegen hem doet?
Ewa nog wel!
Dan heeft hij nog liever dat ze ruzie hebben.
Hij duwt Ewa opzij en loopt vlug naar de schuurdeur.
'Bastian, stop!' roept Ewa naar hem.
Bas stopt helemaal niet, hij denkt er niet over.
Hij loopt gewoon door.
'Waarom praat je niet gewoon met me?' roept Ewa hem
na.
'Rot toch op, stom wijf, ik wil niet praten,' zegt Bas.
'Zeg, zo praat je niet tegen mij!' zegt Ewa woedend.

Bas rukt de achterdeur open en smijt hem hard achter zich dicht.

De knal is zo luid dat hij hem helemaal in zijn buik kan voelen.

Hij loopt meteen door naar de keuken.

In een keukenkastje vindt hij een zak chips.

In de koelkast liggen kleine pakjes melk.

Met zijn handen vol eten en drinken loopt hij door de woonkamer naar de gang.

Maar als hij bij de trap komt, staat Ewa daar al.

Haar ene hand ligt op de linker leuning van de trap.

Haar andere hand ligt op de rechter leuning.

Als Bas erdoor wil, moet hij onder haar arm doorkruipen.

Dat kan niet.

'Bastian, zo gaat het niet goed.

Het spijt me dat ik daarnet zo boos werd.

We moeten samen praten,' zegt ze.

Bas schudt zijn hoofd.

Ewa zegt: 'Je bent de hele dag niet op school geweest.

En ik hoor dat er nog veel meer problemen zijn.

Je leraar is ook ongerust.

Bas, wat is er toch met je?

Praat alsjeblieft met me.

Ik weet dat ik je moeder niet ben, maar ik geef wel om je.'

Bas ontploft bijna van boosheid.

Ewa houdt haar hoofd een beetje schuin.

Ze denkt zeker dat ze er zo vriendelijk uitziet.

Maar dan had ze dus niet over zijn moeder moeten beginnen!

'Trut!' roept hij.

Hij smijt de pakjes melk naar Ewa toe.
Eén pakje raakt haar.
Het andere pakje spat uit elkaar tegen de muur.
'Bastian, ben je gek geworden?' roept Ewa uit.
De melk druipt van haar blouse af en drupt op de trap.
Er druipt ook melk van de muur.
'Ruim die melk op!' snauwt Ewa.
'Stik in die melk!' zegt Bas.
Hij draait zich om.
Dan maar weer naar buiten.
Weg, terug naar de pier!
Maar het is te laat.
Zijn vader staat plotseling in de woonkamer.
Hij blokkeert de weg naar de keuken.
Bas kan geen kant meer op.

'Wat is jouw probleem, Bastiaan?
Gedraag jij je zo, als ik er niet ben?' vraagt zijn vader.
'Ik dacht dat jij op kantoor was,' snauwt Bas.
Het gaat bijna vanzelf, zo gemeen praten tegen zijn vader.
Zo ging het vroeger nooit!
Toen was zijn moeder er nog...
Shit, nu springen er ook nog tranen in zijn ogen.
Bas vloekt.
Hij verwacht dat zijn vader nu nog veel bozer wordt.
Maar dat gebeurt niet.
Erger nog, zijn vader mompelt: 'Lieve Bastiaan.'
En daarna hoort hij iets dat lijkt op: 'Jongen toch.'
Lieve Bastiaan? Jongen?
Hij is geen zes meer!
En toch...
Het nare, woeste gevoel in Bas zijn lijf zakt weg.
De stomme, irritante tranen blijven.
Hij moet twee, drie keer slikken om ze weg te krijgen.
En dan zijn ze nog niet weg.
Het liefst stapt hij nu naar voren, naar zijn vader.
Zijn vader ruikt naar spijkerbroek en hout.
Naar zeep en scheerschuim.
Naar vroeger.
Maar het wordt nooit meer zoals vroeger.
Dat kan niet.
'Ga maar naar je kamer,' zegt Ewa zacht.
Ze gaat van de trap af, zodat Bas naar boven kan.
Verbaasd kijkt Bas om.
Laten ze hem zomaar gaan, zonder ruzie?
Langzaam loopt hij naar de trap.
En dan naar boven.

Hij voelt dat ze naar hem blijven kijken.
Als hij op de bovenste tree is, valt het laatste pakje melk.
Het pakje spat uit elkaar op de vloer van de gang.
Bas loopt snel door naar zijn kamer.

HOOFDSTUK 7

Ewa

(woensdagmiddag)

Mam zou achter hem aan gaan.
'Wat is er Bas?' zou ze aan hem vragen. 'Waarom doe je
zo?'
En dan zou ze door zijn haren strijken.
Naast hem op het bed zitten.
Geduldig wachten tot hij rustig genoeg was om te
vertellen.
Vorig jaar zou pap hetzelfde gedaan hebben.
Maar nu komt er niemand.
Sinds Ewa er is, is Bas niet meer belangrijk.
Moet hij het allemaal maar zelf uitzoeken.
Bas kruipt in zijn bed en trekt het dekbed over zich
heen.
Hij kruipt diep weg, met zijn knieën opgetrokken tegen
zijn borst.
Zijn ogen houdt hij stijf dicht, maar de tranen komen
toch.
Bah. Ligt hij hier te janken als een kleine baby.
Hoe dom is dat!
Bas duwt zijn hoofd in het kussen, alsof hij erin kan
wegkruipen.
Wegraken, tussen lakens en dekens en kussens.
Dat zou mooi zijn.
Stampende voeten op de trap, van Ewa dit keer.

'Ik weet dat ik niet zijn moeder ben!' roept Ewa.
'Loop niet weg als een klein kind!' roept zijn vader.
Hun stemmen klinken zo luid dat Bas elk woord
verstaat.
Hij gaat rechtop zitten.
Ja, hij is weggelopen, is dat zo gek?
Hoe durven ze daar wat van te zeggen!
Dan beseft hij iets belangrijks.
Ewa en zijn vader hebben ruzie!
'Je hebt gelijk,' zegt Ewa dan.
Haar stem klinkt al veel rustiger.
Jammer, vindt Bas.
'Ik moet rustig blijven,' zegt Ewa.
'Maar zijn leraar belde op.
Er zijn veel problemen met Bas.
Spijbelen, ruzie zoeken.
Het gaat niet goed en het is mijn schuld.'
Bas kreunt en vindt zichzelf een enorme stomkop.
Hij had kunnen weten dat Woudenberg zou bellen.
Dat doet hij altijd als een leerling niet op school komt.
Iemand als Erwin zou daar wel aan gedacht hebben!
'Het is jouw schuld niet, Ewa,' zegt zijn vader.
Ewa geeft antwoord, maar dat kan Bas niet meer
verstaan.
Hij glipt uit bed en zet de kamerdeur open.
Nu hoort hij meer.
'Op school heeft Bastiaan kinderen uitgescholden,' zegt
Ewa.
'Op mijn oude school waren ook zulke kinderen.
Kinderen die alleen lachen om de tranen van de
anderen!
Ik wilde met Bas praten, maar je zag wat er gebeurde.

Hij wil gewoon niet.
Hij wordt een pestkop en dat is mijn schuld.'
Bas sluipt de overloop op en knielt bij de spijlen van de
trap.
De deur van de woonkamer staat nog open.
Bas kan Ewa en zijn vader precies zien.
Hij klemt zijn handen om de spijlen heen.
Hij knijpt zo hard dat de knokkels wit worden.
Ewa's woorden doen pijn.
'Als Bas zo doorgaat, moet hij naar een andere school.
Dat zei de leraar,' zegt Ewa zacht.
Bas laat de spijlen verrast los.
Zei Woudenberg dat, van die andere school?
Het blijft lang stil.
Bas denkt er al over om naar zijn kamer te gaan.
Dan zegt zijn vader: 'Maar het is niet zomaar, Bas zijn
boosheid.
Volgende week is het drie jaar geleden, weet je.'
Drie jaar geleden dat zijn moeder stierf.'
'Ja, dat weet ik.
Bas heeft wat tijd nodig.
Dat heb ik ook gezegd tegen die leraar,' zegt Ewa.
Bas schudt verward met zijn hoofd.
Ewa heeft het voor hem opgenomen tegen Woudenberg!
Maar waarom? Waarom doet ze nou zo aardig en lief?
Dat moet ze niet doen, juist niet!
Dan kan hij niet boos op haar zijn.
Niemand kan zijn moeder zijn, alleen zijn echte moeder
mag dat zijn!
Bas legt zijn handen voor zijn ogen.
In hem raast die onrust weer op, sneller en sneller suist
het door zijn lijf.

Het moet ergens naar toe, dat kriebelige gevoel.
Kon hij maar gillen en schreeuwen!
Maar dan betrappen Ewa en zijn vader hem natuurlijk.
Dan begint de hele ruzie opnieuw.
'Ik ga Bas niet straffen.'
Zijn vaders stem dringt tot hem door.
Geen straf.
Dat hoort een opluchting te zijn, dat hij geen straf krijgt.
Maar Bas voelt geen blijdschap.
Er is alleen meer gekriebel in zijn maag en in zijn borst.
'Misschien zou ik dat wel moeten doen.
Hij mag geen brutale jongen worden.
Misschien helpt een goed gesprek,' gaat zijn vader
verder.
Ewa geeft antwoord, maar Bas verstaat niet wat ze zegt.
'Ik moet nadenken en Bas moet ook nadenken,'
antwoordt zijn vader.
'Ik moet een paar uur naar kantoor, ik heb een afspraak.
Maar als ik terugkom, praat ik met hem.
Zorg dat hij dan hier is.'
'Ik weet niet of dat gaat lukken,' zegt Ewa.
'Probeer het,' zegt zijn vader.
Het volgende moment valt de voordeur dicht.
Bas gaat op de overloop zitten.
Hij wil eigenlijk iets roepen.
Iets kinderachtigs als: 'Papa, kom terug!
Ik wil wel met jou praten!'
Maar hij zegt niets.
Plotseling is hij zo moe.
Hij kruipt terug naar zijn bed, naar de troostende
warmte van zijn lakens en het dekbed.

HOOFDSTUK 8

Onder druk

(woensdagmiddag)

Bas schrikt wakker, omdat er aan zijn dekbed getrokken
wordt.
En hij schrikt nog een keer als hij Ewa ziet.
Ze zit op de rand van zijn bed en ze kijkt hem bezorgd
aan.
Bas gaat meteen rechtop zitten en trekt het dekbed tot
onder zijn kin.
'Het spijt me.
Ik wilde je niet laten schrikken,' zegt Ewa.
'Maar er wacht iemand op jou in de keuken.
Een jongen.
Hij zegt dat hij jou moet spreken.
Het is heel belangrijk, zegt hij.'
'Wie zit er dan in de keuken?' vraagt Bas.
'Een jongen van je school,' zegt Ewa.
Ze snuift en er verschijnen rimpeltjes op haar neus.
'Het ruikt hier niet zo lekker,' zegt ze.
'Is het Robbe?' vraagt Bas.
Hij hoopt dat het Robbe is.
Maar wat moet hij zeggen tegen zijn beste vriend?
Ewa schuift de gordijnen opzij en zet een raam open.
'Zo, dat is beter.
Nee, het is niet Robbe die op jou zit te wachten.
Het is een andere jongen, die ik niet ken.

Als jij naar beneden gaat, maak ik het hier een beetje schoner.
Als jij dat goed vindt natuurlijk.'
Bas kijkt verbaasd toe hoe Ewa begint op te ruimen.
'Ga maar naar beneden, je visite wacht,' zegt Ewa.
'Maar niet weggaan hoor.
Je vader komt zo thuis.
Hij wil ook met je praten.'
Bas trekt zijn T-shirt recht en controleert of de rits van zijn jeans nog dicht zit.
Dan pas slaat hij zijn dekbed open.
Ewa doet wel vriendelijk, maar ze hoeft zijn ondergoed niet te zien.
Maar Ewa ruimt zijn kledingkast op en kijkt niet eens naar hem.

Bas loopt naar beneden en blijft vlak voor de keukendeur staan.
Het is Robbe dus niet, die daar zit.
En geen meisje, dus Tisa is het ook niet.
Als het Karim maar niet is.
Het liefst wil Bas gewoon weglopen.
Maar dan gaat de deur van de keuken open.
Bas vloekt binnensmonds.
Die stomme deur valt altijd open.
Ook wanneer dat helemaal niet uitkomt.
'Shit,' mompelt Bas.
Want zodra Bas ziet wie er in de keuken zit,
wenst hij dat hij echt weggelopen was.
'Ha, Bas, ik dacht al, waar blijft hij!' zegt Erwin.
De jongen spreidt zijn armen uit.
Met een brede grijns op zijn gezicht kijkt hij Bas aan.

Alsof het Erwins keuken is en niet die van Bas.
Bas knikt alleen even.
Wat doet Erwin in vredesnaam in zijn keuken?
'Kom binnen, kom binnen,' zegt Erwin.
'Ik wilde eens kijken hoe het met mijn nieuwe pupil is.'
'Je nieuwe pupil?' herhaalt Bas.
'Ja.
Onze nieuwste leerling.
Het jongste lid van ons team.

46

Dat ben jij, Bas!'
Erwin slaat Bas weer eens stevig op zijn schouder.
Bas zegt niets.
Erwin is overal: op school, in het dorp.
En nu ook al hier, in Bas zijn eigen huis.
Allemaal omdat Bas een keer iets stoms tegen Karim
zei.
Het liefst zegt hij dat Erwin moet oprotten.
Maar daar komt vast weer ruzie van.
'Wil je iets drinken?' vraagt hij dan maar.
'Nee, Bas, ik heb nog meer te doen,' zegt Erwin.
Nu pas ziet Bas dat Erwin een agenda op de keukentafel
heeft neergelegd.
'Ik wil niets met jou afspreken,' zegt hij meteen.
'Rustig maar.
Ik wil gewoon een keer met jou praten,' zegt Erwin.
'Ik zag je vanmorgen bij de snackbar, maar je was zo
snel weg!
En ik heb je zoveel te vragen.
Dus ik dacht, ik ga naar Bas zijn huis en maak een
afspraak.'
Hij lacht stralend naar Bas.
'Ik heb niets te vertellen,' zegt Bas.
Hij loopt naar de koelkast.
Daar schenkt hij voor zichzelf een glas cola in.
Dan hoeft hij tenminste even niet naar Erwin te kijken.
Was hij nu maar zo brutaal als Tisa, dan werkte hij die
Erwin zo de deur uit.
'Ik snap het wel hoor,' zegt Erwin.
'Het moet vreselijk voor je zijn om hier te wonen.
Met zo'n Poolse stiefmoeder.
Dag in, dag uit.

Uur, na uur, na uur.

Ik kan me goed voorstellen wat zoiets doet.'

Erwin trekt een ernstig gezicht.

Met één vinger tikt hij tegen de zijkant van zijn hoofd.

'Je wordt knettergek van zo'n wijf,' zegt hij.

'Eruit,' snauwt Bas. 'Ik wil dat je nu weggaat!'

Erwin schuift zijn stoel achteruit en staat op.

Hij doet zijn handen omhoog alsof hij wil zeggen:

'Rustig maar.'

Op zijn gezicht ligt een brede grijns.

'Ga weg,' herhaalt Bas.

'Ach, ach, ach,' zegt Erwin.

'Je hebt nog niet helemaal door wie je nieuwe baasje is, hè?'

'Donder op!' roept Bas.

'Rustig, rustig maar,' zegt Erwin.

Hij houdt weer zijn beide handen omhoog.

Hij lacht er vriendelijk bij.

'Ik kom je alleen steunen.

Je zal hier maar wonen,' zegt hij.

'Hoe ik woon, is jouw zaak niet,' zegt Bas.

'O, het is mijn zaak wel,' zegt Erwin, 'want ik zie dat jij ongelukkig bent hier.

En ik moet goed zorgen voor mijn mensen.'

'Ik ben jouw mens niet,' zegt Bas heel langzaam en duidelijk.

'Eruit, nu!'

'Kalm maar, kalm maar,' zegt Erwin.

Hij duwt zijn stoel netjes terug onder de tafel.

Bas knijpt zo hard in zijn colaglas dat zijn knokkels wit worden.

'Ga weg, ga weg,' smeekt hij, zonder het hardop te zeggen.

Maar Erwin heeft helemaal geen haast.

Hij pakt zijn agenda op en begint erin te bladeren.

'Tss, dat is nou jammer.

De rest van de week zit ik al vol.

Maar na het weekend kom ik weer bij je op bezoek.

En dan maken we die afspraak.

Dat beloof ik.'

'Doe geen moeite,' zegt Bas.

Erwin glimlacht en zijn gezicht ziet er echt vriendelijk uit.

'Vergeet niet dat ik je vriend ben, Bas.

Dat kan niet iedereen zeggen.

Ik zie iets in je, jongen.

Ook al zie jij het zelf nog niet,' zegt hij.

'Ga weg,' zeg Bas.

Dan, als Erwin al bij de deur is, komt het ergste.

Erwin draait zich om en richt zijn felle ogen recht op Bas.

'Ze weten toch wel dat je bij mij hoort, Bas, die vrienden van je,' zegt hij.

'Hoe eerder je dat begrijpt, hoe beter het is.'

En dan loopt hij weg.

Bas maakt vuisten van zijn handen.

Maar hij zegt niets.

Want hij voelt twee dingen tegelijk.

Opluchting, omdat Erwin weg is.

Maar Bas voelt zich ook gespannen, omdat Erwin weer terugkomt, volgende week.

Bas weet nu, dat hij ergens bij kan horen.

Als zijn eigen vrienden hem niet terug willen, dan is hij welkom bij Erwin.

'Dank je wel,' zegt Ewa.

Bas draait zich verschrikt om.

Hij had niet eens gemerkt dat Ewa ook in de keuken stond.

'Je hielp me. Dank je wel,' zegt Ewa nog eens.

'Ik deed het niet voor jou,' zegt Bas stug.

Hij probeert langs haar te lopen, naar de trap.

Maar Ewa houdt hem tegen.

En dan slaat ze haar armen om hem heen!

Geschrokken rukt Bas zich los.

'Wat doe jij nou?' roept hij uit.

'Blijf met je poten van me af!'

'Het spijt me,' zegt Ewa meteen, 'ik liet je schrikken.'

Bas wil doorlopen, maar dan komt zijn vader binnen.

Ook dat nog!

'Bastiaan Nobel.

Praat jij zo tegen mijn vrouw?' vraagt zijn vader streng.

'Het is niet wat je denkt,' zegt Ewa.

Ze beweegt hulpeloos met haar handen.

Daarna zegt ze een paar woorden in het Pools.

'Het is niet zijn schuld.

Ik liet hem schrikken,' zegt ze uiteindelijk.

Verbaasd kijkt Bas haar aan.

Ewa neemt het voor hem op!

Dat had hij niet gedacht.

'Ja, maar,' zegt zijn vader, 'zo praten wij hier niet tegen elkaar.

Ik weet niet meer wat ik met jou moet, Bastiaan.'

Bas klemt zijn lippen stevig op elkaar.

Alles wat hij nu zegt, maakt het alleen maar erger.

'Ik wilde met je praten, omdat ik dacht dat ik je kon helpen,' zegt zijn vader.

'Maar nu ik hoor hoe jij tegen Ewa praat, weet ik dat straf beter is.

Je gaat niet naar je vrienden en je mag niet uit.

Na school ga je meteen naar huis.

Twee weken lang.

En ik wil geen telefoontjes over spijbelen meer.

Want dan hou ik ook je zakgeld in.'

Dan draait hij zich om en loopt met grote passen weg, naar de woonkamer.

'Frank, wacht!' roept Ewa.

Ze loopt meteen achter hem aan.

Langzaam schuift Bas de stoelen weer onder de tafel.

Bij het aanrecht maakt hij een emmer sop.

Alles waar Erwin met zijn vingers aan gezeten heeft, boent hij schoon.

Daarna zet hij het raam open, zo ver als het maar open kan.

HOOFDSTUK 9

Vroeger
(donderdagochtend)

Bas pakt de wekker van zijn nachtkastje.
Hij tuurt naar de lichtgevende cijfers.
Donderdagochtend, kwart voor zeven.
De eerste les start vandaag om vijf over negen.
Op een normale dag zou hij nu opstaan.
Ontbijten.
Douchen.
En dan gamen tot het tijd is om naar school te gaan.
Maar dit is geen normale dag.
Vandaag staat Bas niet op.
Naar school gaan is onmogelijk en naar de pier kan hij
ook niet meer.
Het was fijn, gisteren.
Zo lekker stil en rustig.
Maar als hij daarheen wil, moet hij weer door het dorp
fietsen.
Stel je voor dat Erwin hem weer ziet en hem dit keer
achtervolgt.
Dan is de plek bij de pier ook voorgoed bedorven.
Bas trekt zijn dekbed strak om zich heen.
Eerst lukt het hem niet om weer in slaap te vallen.
Er is teveel om over te piekeren.
Gisteren spijbelde hij ook al.
Woudenberg let vandaag natuurlijk goed op.

Die belt meteen als Bas er weer niet is.
Maar opstaan lukt ook niet.
Hij voelt zich nog zo moe. Zo vreselijk moe.

Als Bas opnieuw wakker wordt is het half één.
Hij schrikt ervan.
Zo lang slaapt hij bijna nooit!
Hij staat meteen op en trekt een oude joggingbroek aan.
Als Bas naar beneden loopt, merkt hij dat het heel stil is
in huis.
Ewa is weg.
Er ligt een briefje op de keukentafel, naast een kom met
cornflakes en een kannetje melk.

> *Ik hoop dat je slaap goed was, Bas.*
> *Ik heb een ziekmelding gedaan voor jou, bij je school.*
> *Nu moet ik naar mijn cursus.*
> *Om drie uur ben ik terug.*
> *Eet lekker van je eten.*
> *Denk aan je huisarrest.*
>
> *Ewa*

Bas maakt een prop van het briefje.
Dan strijkt hij het weer glad, om het nog een keer te
lezen.
Ewa heeft duidelijk haar best gedaan op de tekst.
De zinnen lopen een beetje raar, maar alle woorden
kloppen.
En ze noemt hem Bas.
Niet Bastian of Bastiaan.
Het is toch vreemd.

Bas heeft zo lang zijn best gedaan om een hekel aan
Ewa te hebben.
Ze hoort hier niet, niet op zijn moeders plaats.
Niet in hun huis.
Niet in zijn leven.
En toch... hij doet lullig tegen haar, en zij helpt hem.
Niet eens op een slijmerige manier.
Maar echt. Ze helpt hem echt.

Hij giet melk bij de cornflakes en neemt de kom mee
naar zijn kamer.
Het scherm van zijn mobiel licht op.
Hij ziet dat Tisa hem zojuist een berichtje heeft
gestuurd.
Hij leest het bericht niet, maar schuift de telefoon in zijn
la.
Hij zet zijn computer aan en klikt daar ook van alles
weg.
De mail, chatprogramma's, forums, alles.
En als hij 'Minecraft' opent, zijn favoriete spel, kiest hij
single player.
Zelfs online wil hij liever niemand tegenkomen.
Tijdens het spelen komt Bas eindelijk tot rust.
Vroeger, toen zijn moeder nog leefde, speelde hij bijna
nooit op de computer.
Ja, in de winter, na het eten.
Als er echt niets anders te doen was.
Maar sinds ze dood is, speelt hij iedere dag.
'Zonde van je tijd!' zou zijn moeder zeggen, als ze hem
nu kon zien.
In een opwelling drukt hij op de escape-toets, zodat
Minecraft stopt.

Daarna opent hij de map met 'Afbeeldingen'.
Zijn cursor blijft hangen op de map die 'Vroeger' heet.
Bas heeft wel zes kopieën van map 'Vroeger'.
Er staat er zelfs één op een USB-stick.
Die stick ligt bij Tisa thuis.
Maar Bas opent de map bijna nooit.
Meestal wordt hij al rustig als hij aan de map 'Vroeger'
denkt.
Nu klikt hij er wel op.
Bas wacht tot de foto's tevoorschijn komen.
Daar is zijn moeder: 21 keer op 21 foto's.
Als hij naar beneden scrolt, ziet hij haar nog vaker.
Foto's van voor ze ziek werd.
Foto's van het jaar waarin ze ziek was.
Er zitten meer dan 200 foto's in de map.
Bas klikt ze allemaal aan.

HOOFDSTUK 10

Wegwezen!
(donderdagmiddag)

Bas kijkt lang naar de foto's van zijn moeder.
Er zijn tien foto's waar ze samen op staan.
Op veel van die foto's is Bas nog een baby.
Op één foto heeft hij een pluk van zijn moeders lange haar vast.
Ze lachen naar elkaar.
Naar die foto kijkt hij het langst.
Plotseling voelt hij dat de voordeur opengaat.
Een stroompje koude lucht trekt door zijn kamer.
Hij ruikt het zoete parfum van Ewa.
Meteen klikt hij de 'Vroeger'-map dicht.
Die hoeft Ewa niet te zien.
Dan start hij zijn 'Minecraft'-wereld weer op.
Hij wil Ewa ook liever niet zien!
Een paar tellen later hoort hij de deurbel.
Opnieuw gaat de voordeur open.
Een paar mensen komen binnen.
Dan gaat de deur weer dicht.
Bas concentreert zich op zijn spel.
Het zijn vast vriendinnen van Ewa.
Die wil hij al helemaal niet zien.
En hij wil ook niet weten wat ze over hem zeggen.
Ewa heeft vast veel over hem te vertellen.
Dat hij niet naar haar luistert en brutaal is.

Dat hij spijbelt.

En wie weet wat meneer Woudenberg nog meer gezegd heeft.

Ewa kan het roddelen vast niet laten.

Ook al doet ze nu lief.

Maar de bezoekers blijven in de gang.

Ze praten.

Bas zet 'Minecraft' op pauze.

Hij loopt naar de kamerdeur en duwt hem open.

En dan hoort hij een bekende stem, heel duidelijk en helder.

'Voor Bas. Wij komen voor Bastiaan.'

Dat is Tisa!

Bas klemt zijn handen om het kozijn van de deur.

'Meneer Woudenberg zegt dat hij ziek is.

We maken ons zorgen,' zegt een tweede stem.

Dat is Robbe!

Bas boort zijn nagels haast in het houten kozijn.

Tisa. En Robbe.

Ze zijn hier voor hem!

Bas loopt zijn kamer weer in.

Met Tisa praten, hij wil er niet eens aan denken.

Hij gaat zitten en staat meteen weer op.

De bureaustoel schiet met een vaart achteruit.

Dit is natuurlijk de eerste plek waar ze gaan kijken.

Weg, hij moet weg hier!

Hij kijkt om zich heen.

Vier muren, een raam, een deur.

Naar buiten kan hij niet, Robbe en Tisa staan in de hal.

En door het raam van zijn kamer ontsnappen is hem nog nooit gelukt.

Er zijn geen richels waar hij op kan steunen.
Bas kan nergens heen.
Voorzichtig sluipt hij naar de overloop.
Hij blijft staan om te luisteren.
'Laat me even denken.
Bas heeft huisarrest.
Ik weet niet of hij dan wel bezoek mag,' zegt Ewa.
Bas ontspant zijn vingers.
Dat gaat goed!
Wie had gedacht dat hij blij zou zijn met zijn straf.
Ewa houdt Tisa en Robbe wel tegen.
'We willen Bas echt graag spreken,' zegt Tisa's heldere
stem.
'Wij zijn ook niet zo trots op hem.'
'Het gaat niet goed met Bas,' zegt Robbe.
'Op school heeft hij zijn klasgenoten uitgescholden.'
'Het was echt erg,' zegt Tisa.
'Ik ken Bas al zo lang.
Zoiets stoms heeft hij nog nooit gedaan.
Iedereen is boos op hem.'
Bas krijgt het heel erg warm.
Zie je wel, dat dacht hij wel.
Iedereen is boos op hem, Tisa zegt het zelf.
Hij legt zijn hoofd tegen het deurkozijn.
'Wij moeten met hem praten.
Hij moet het goedmaken met de anderen.
Nu kan het nog; het is nog niet te laat,' zegt Tisa.
Tisa gaat steeds sneller praten.
Bas weet dat ze ook druk met haar handen beweegt.
Zo doet Tisa altijd als ze opgewonden is.
Bas kent haar al zo lang.
Maar hij wil niet met haar praten, niet nu!

'Als hij met Erwin omgaat, gaat het helemaal fout met hem,' zegt Robbe.
'De halve school denkt nu al dat Bas bij Erwin hoort.'
'Wie is Erwin?' vraagt Ewa.
'Erwin, die jongen die hier gisteren was,' zegt Robbe.
Bas kan nog net een geschrokken kreet binnenhouden.
Hoe weet Robbe dat Erwin hier was?
'Ik hoorde dat het niet goed ging met Bas, dus wilde ik gisteren op bezoek komen.
Toen ik aankwam, zag ik die jongen weglopen.
Dat was Erwin,' legt Robbe uit.
'Ja, toen schrokken we pas echt,' zegt Tisa.
'Vorig jaar ging die Erwin ook steeds naar mijn neef toe,' gaat Robbe verder.
'Mijn neef is toen heel erg veranderd.
Ze gaan naar van die rare bijeenkomsten.
Alle buitenlanders het land uit, dat soort geklets.
Maar ik denk dat ze vooral graag willen vechten.
Ze hebben het steeds over wapens en zo.'
'Dat is niet goed,' zegt Ewa.
'Ja, precies, dat is niet goed,' zegt Tisa.
'Daarom willen we nu met Bas praten.
Nu kan hij het nog goed maken met z'n vrienden.'

Bas schudt zijn hoofd.
Praten, over Erwin?
Hij wil het niet!
Het gaat ze niets aan en ze weten al veel te veel.
'Bastian heeft straf,' zegt Ewa.
'We willen alleen vertellen hoe hij het goed kan maken met zijn vrienden,' zegt Tisa.
'Tien minuten. Een kwartiertje?' vraagt Robbe.

'Ik weet het niet hoor,' zegt Ewa.
Het blijft lang stil.
Bas zijn spieren spannen zich.
'Bas is boven, ga maar,' zegt Ewa dan.

Bas rent.
Zo snel als hij kan, rent hij over de overloop.
Bij de werkkamer van zijn vader stopt hij.
Hij springt twee, drie keer.
Dan heeft hij de ring van het trapluik te pakken.
Dankzij het gewicht van zijn lichaam klapt het luik open.
De vlizotrap naar de zolder zakt naar beneden.
Nu moet hij snel zijn.
Robbe en Tisa lopen al op de trap, hij hoort hun
voetstappen duidelijk.
'Ik hoop dat Bas wil luisteren,' zegt Robbe.
'Anders is hij mijn vriend niet meer,' zegt Tisa fel.
Even aarzelt Bas.
Kan hij alles goed maken door met zijn vrienden te
praten?
Hij zou het best willen proberen.
Maar nee, dat kan niet.
Onmogelijk.
Tisa vergeeft hem nooit alle lelijke dingen die hij heeft
gezegd.
Hij klimt naar boven en trekt de trap met een ruk
omhoog.
Het luik gaat makkelijk dicht.
Bas blijft heel stil zitten.

HOOFDSTUK 11

In de val

(donderdagmiddag)

'Bas!' roept Tisa.

Bas blijft roerloos zitten.

'Wat gek.

Zijn stiefmoeder zei toch dat hij hier was?' zegt Tisa.

'Hij is in elk geval niet in zijn kamer,' zegt Robbe.

Bas schuift achteruit, bij het zolderluik vandaan.

'Misschien is hij ontsnapt toen hij ons hoorde,' zegt
Tisa.

'Waarom zou hij dat nou doen?' vraagt Robbe.

Wij zijn toch zijn vrienden.'

'Je was er niet bij, op het plein,' zegt Tisa.

'Het leek wel alsof het Bas niet was.

Zoals in een film.

Dat er ineens een buitenaards wezen in je vriend zit.'

'Altijd al gedacht, dat Bas een buitenaards wezen is,'
grijnst Robbe.

'Even serieus, Robbe.

Waar kan hij naartoe zijn?

Hmm. Hij kan eigenlijk maar één kant op,' zegt ze.

Bas krimpt in elkaar.

Zijn hart begint luider te bonken.

Tisa kent hem al zo lang, ze denkt zoals hij denkt!

En ze heeft hem door.

Het was ontzettend stom om op de zolder te gaan zitten.

Nu kan hij nergens meer naartoe.

Bas schuift zo ver mogelijk achteruit.

Maar het is al te laat.

Robbes voeten bonzen op de overloop.

De vloer dendert en trilt ervan.

Bas telt.

Eén sprong, twee sprongen, drie.

Het luik schuift open en de trap glijdt naar beneden.

Even later steekt Tisa's hoofd door het zoldergat.

Even hoopt Bas nog dat ze hem niet ziet.

Dat het te donker is.

'Ah, dus je zit echt hier,' zegt Tisa dan.

Ze duwt zichzelf omhoog, door het gat heen.

'Ga nou weg,' zegt Bas.

Het klinkt niet zo kortaf en stoer als hij wilde.

'Laat me met rust,' zegt hij.

Tisa trekt zichzelf omhoog, tot ze met haar billen op de rand van het trapgat zit.

'Ah, hier zit de lichtknop,' zegt Robbe, die nog beneden staat.

Het licht op de zolder gaat aan.

Veel licht, heldere TL-buizen.

Nu kan Bas kan zich nergens meer verstoppen.

'Ga nou weg! Ik wil niet praten!' roept hij.

'Ik ga helemaal niet weg.

Ik loop al uren naar je te zoeken, Bas,' zegt Tisa kalm.

Ze trekt haar benen op zodat Robbe ook naar boven kan.

'Ik moet wel naar jou toe komen,' zegt Tisa, 'want jij praat met niemand.

Ik zie je niet online.
En je belt niet.
Dus, Bastiaan Nobel, vertel op.
Sinds wanneer ben jij zo'n rotzak?
Eerst scheld je tegen Karim.
En daarna tegen Nadia.
Vrijheid van meningsuiting?
Jij mag er van alles uitflappen en Nadia moet van jou
haar mond houden?
Dat kan niet, Bas, en dat weet je best!'
'Ik zei niet dat ze haar mond moest houden!' roept Bas.
Hij voelt zijn wangen warm worden.
Wéér een leugen.
Hij zei het niet, maar hij bedoelde het wel.
Is dat niet gewoon hetzelfde?
'Bas, je noemde haar een mekkerende geit!
Dat kan toch niet!' zegt Tisa.
'Ik wilde niet, ik zei gewoon maar wat,' stottert Bas.
'Je zei gewoon maar wat?' herhaalt Tisa.
'Meen je dat nou?
Je was gewoon aan het discrimineren, Bastiaan Nobel.
Juist jij!
Jij zegt altijd tegen mij dat ik iedereen een kans moet
geven.'
'Toen waren we acht jaar!' roept Bas uit.
'Onzin,' zegt Tisa streng, 'je hebt dat vaker gezegd.'
Bas klemt zijn kaken op elkaar.
Ze heeft gelijk.
Het lijkt wel alsof hij blijft liegen, zelfs als hij denkt dat
hij de waarheid spreekt.
En hoe meer hij zegt, hoe erger het wordt.
'Nou?' Tisa daagt hem uit.

'Wat maakt het nou uit hoe oud we toen waren?'
'Veel! Het was voor... dat was voordat...' Bas kan de zin
niet eens uitspreken.
Voordat mijn moeder doodging, wil hij zeggen.
Voor zij doodging en iemand anders haar plaats inpikte.
'Voordat wat?' roept Tisa uit.
'Kom op Bas, wat is er aan de hand?
Waarom doe je zo stom?'
'Bas, geef nou gewoon eens antwoord,' zegt Robbe.
Robbe trekt zichzelf op tot hij ook op de zolder zit.
'Ik wist niet wat ik hoorde.
Ben ik een keertje ziek, maak jij er meteen een bende
van.'
'Ik maak er geen bende van!' roept Bas.
Hij legt zijn handen over zijn ogen.
'En ik wist niet eens dat jij ziek was!' roept hij dan.
'Deed jij zo stom, omdat ik ziek was?' vraagt Robbe.
'Nee! Nee, het kwam door haar!' zegt Bas.
Hij tilt zijn voet op en stampt op de dunne zoldervloer.
De planken gaan op en neer.
'Alles komt door haar!' roept hij.

'Wie, ik? Wat heb ik gedaan?'
Tisa schuift verbaasd achteruit.
'Jij niet, maar Ewa!' roept Bas uit.
'Je stiefmoeder?' vraagt Tisa.
Bas schudt hevig met zijn hoofd.
Hier wil hij niet over praten, hij wil het niet!
Hij strijkt met zijn handen door zijn haren en trekt hard
aan de donkere plukken.
'Maar ze woont hier al een jaar, Bas,' zegt Tisa.
'Je bent nu toch wel aan haar gewend?
En ze is toch hartstikke lief?
Ik vind haar lief, hoor.'
'Ja! Precies! Lief!' Bas heft zijn handen op.
Al zijn woede vlamt in één keer naar buiten.
Hij slaat om zich heen, lukraak, zonder te kijken.
Hij raakt een doos, en een balk.
Zijn hand doet pijn en hij huilt.
Maar het kan hem allemaal niets meer schelen.
'Ik wil niet dat ze lief is,' zegt hij wel tien, misschien wel
twintig keer.
'Ik mis je moeder ook, Bas,' zegt Tisa zacht.
'Ik weet nog precies hoe lief ze was.
En hoe mooi ze was.
Maar het is niet Ewa's schuld dat ze dood is.
En ook niet die van Nadia of Karim.
Wat jij nu doet, is niet eerlijk.
En het past niet bij je, Bas, echt niet!
Je wilt toch niet bij Erwin horen?'
Bas staart Tisa lang aan.
Dan zucht hij diep.
'Dat wil ik ook niet,' zegt hij.
Hij trapt nog eens tegen de doos, maar al veel zachter.

HOOFDSTUK 12

Zwijgen of spreken
(donderdagmiddag)

'Ik snap het wel,' zegt Robbe plotseling.
'Het zijn gewoon je hormonen, man.
Puberteit, en zo?
Heb ik ook. Lachen, huilen, het slaat nergens op.
Tisa heeft het nog veel erger.'
'Schei uit,' zegt Tisa. Ze geeft Robbe een por.
'Zo erg heb ik het niet.'
'Niemand snapt het,' zegt Bas.
'We snappen het wel een beetje,' zegt Tisa.
'Weet je, ik wil ook wel eens met mijn moeder praten.
Echt praten, niet even snel voor ze naar haar volgende
afspraak rent.
Maar soms duurt het dagen voor ze echt tijd heeft.
En als ik niet meer kan wachten: boem!'
'Precies, boem.'
Robbe beweegt zijn armen om een enorme explosie uit
te beelden.
Bas voelt al zijn woede wegtrekken.
Dat Tisa en Robbe zich ook wel eens zo voelen... dat
had hij niet gedacht.
En zij hebben hun ouders nog; hun vader én hun
moeder.
'Bas?' vraagt Robbe na een tijdje.
'Is dat het? Gewoon, boos?'

Bas knippert een paar tranen weg.
Dat gebeurt nou steeds; eerst is hij kwaad, daarna moet hij huilen.
'Kom op Bas,' zegt Robbe.
'Praat met ons.
Of praat je liever met Erwin?'
'Nee,' schudt Bas. Dat weet hij tenminste zeker.
Meteen voelt hij zich een stuk beter.
'Ja, ik was gewoon boos,' zegt hij dan.
Hij glimlacht zelfs even.
Het lijkt ineens zo logisch.
'Ik wilde niet naar huis, maandag.
Als Ewa alleen thuis is, dan is er niets aan om thuis te zijn.
Ze kletst uren aan de telefoon.
In het Pools.
Soms hoor ik dat ze mijn naam zegt.
En dan kijkt ze naar me, maar ik weet niet wat ze zegt.
En als ik eens wat wil vragen... man, ik probeer het al niet eens meer.
Ze begrijpt me toch niet.
En mijn vader is altijd weg.
Altijd naar dat stomme kantoor van hem.'
Met een snel gebaar wrijft Bas zijn tranen weg.
'Dan mis ik mam.
En toen was jij er ook ineens niet, Robbe.'
'Ik was ziek, idioot,' zegt Robbe.
Hij duwt met zijn vuist in Bas zijn ribben.

'Dacht je dat wij dat niet zagen?' zegt Tisa zacht.
'Iedereen begreep hoe moeilijk jij het vond, toen Ewa bij jullie kwam wonen.

Maar jij kropt alles op, Bas.
Je praat nergens over.
En na een tijdje dachten de meeste mensen, dat je aan
Ewa gewend was.
Want jij zei niets.
Wat moeten wij dan zeggen?'
'Die stomme fiets van mij, die niet van het slot wilde,'
zegt Bas.
'En toen kwam Karim.
Hij zei 'selam'.
Ik vond het ineens stom dat hij nog steeds geen hoi
zegt.
En toen werd ik zo kwaad!
Alsof ik iemand moest slaan.
Of schoppen.
Maar dat kan niet, dus toen zei ik... wat ik zei.'
Nu kost praten Bas geen moeite meer.
Hij gooit het hele verhaal eruit.
'En later, met Nadia...
Ik wilde dat niet zeggen, Tisa.
Echt niet.
Maar Woudenberg stond er al, en iedereen keek en...'
'En toen wist je niet meer wat je moest doen,' zegt Tisa.
Bas knikt.
Het helpt om te praten
Maar de pijn in zijn buik wordt steeds erger.
En zijn hoofd bonkt.
Bas duwt zijn vuisten harder tegen zijn maag.
Wat zal er nu gebeuren?
'Nadia begrijpt het wel,' zegt Tisa.
'Ze zei al dat je het vast niet zo gemeen bedoeld had.
Ze zei dat niets zo zwart-wit is als het lijkt.

De wereld is eerder grijs, zei ze.'

'Hè?' vraagt Robbe. 'Grijs?'

'Ja,' zegt Tisa. 'Dat iets niet alleen maar goed is, of alleen maar fout.

Dat er nog heel veel tussenin zit.

Zoals een beetje goed en een beetje fout.

Een beetje wit en een beetje zwart. Grijs dus.'

Robbe knikt. 'Ik snap het.'

Bas gaat zitten, met zijn vuisten nog in zijn buik gedrukt.

Echt iets voor Nadia, om zoiets liefs te zeggen.

Ze praat het goed en hij was echt gemeen tegen haar.

Bas kijkt Tisa recht aan.

'Ik was dom, oké? Echt dom,' zegt hij.

'Meer dan dom,' benadrukt Robbe.

Maar hij lacht wel.

Tisa gaat naast Bas op de grond zitten.

Ze legt haar arm over zijn schouder.

En dan knuffelt ze hem.

'Kop op, Bas,' zegt ze.

'Eigenlijk is grijs een beetje saai.

Wat mij betreft is het leven een grote regenboog.

Veel zon met af en toe een buitje.'

HOOFDSTUK 13

Spijt op zolder
(donderdagmiddag)

Bas haalt diep adem.
Hij voelt zich beter, nu alles gezegd is.
Tisa is zijn vriendin weer.
En ze zegt zelfs dat Nadia niet boos blijft.
Dan komt het met Karim misschien ook nog goed.
Maar één ding zit hem nog erg dwars.
Een gedachte waardoor het nare gevoel in zijn buik weer
erger wordt.
'Sommige jongens feliciteerden me,' zegt hij.
'Alsof ze het goed vonden dat ik Nadia uitschold.'
Gek, hoe gewoon zijn stem klinkt.
Want het voelt alsof zijn keel dicht zit.
Want hoe komt hij van Erwin af?
Je hoort nu bij ons, zei Erwin.
'Feliciteerden ze je?' vraagt Robbe verbaasd.
'Die mafkezen die altijd achter de school zitten, zeker,'
zegt Tisa.
'De vrienden van Erwin,' zegt Robbe.
'Ja. Erwin zegt dat ik nu bij hem hoor,' zegt Bas.
'Ik ben zijn...' Bas denkt na over het woord.
'Zijn pupil,' zegt hij dan.
'Maak je geen zorgen,' zegt Robbe.
'Er gebeurt zoveel op school.
Maandag praat iedereen alweer over iets anders.'

'Robbe heeft gelijk.
Het komt best goed.
Als je maar wel met Karim en Nadia gaat praten,' zegt Tisa.
Bas kijkt Tisa en Robbe om de beurt aan.
'Ja, natuurlijk praat ik met hen,' zegt hij.
'Goed zo, dat hoor ik graag!' roept Robbe uit.
Bas glimlacht zwakjes.
Het is fijn dat Robbe weer vrolijk kijkt.
Maar in het gesprek met Karim en Nadia heeft hij niet veel zin.
'En Ewa?' vraagt Tisa dan.
Bas kijkt haar geschrokken aan.
'Moet ik tegen haar ook sorry zeggen?' vraagt hij.
'Ja, natuurlijk,' zegt Tisa.
'Alles wat je tegen ons zei, moet je tegen haar zeggen.
Wedden dat zij zich ook rot voelt?'
Bas staart Tisa verbluft aan.
Ze heeft gelijk.
Zo heeft hij er nog niet eerder over gedacht.
Maar praten met Ewa is nog enger dan praten met Karim en Nadia!
Dan bromt hij: 'Nee laat maar.
Praten met Ewa, en dan weer ruzie krijgen zeker!
Nee, bedankt.'
'Bas, doe niet zo koppig,' zegt Tisa.
Ze stompt Bas in zijn buik.
'Ik wil geen ruzies meer,' zegt Bas.
'Praat dan eerst met ons,' stelt Tisa voor.
'Of met mijn moeder.
Om te oefenen.'

'Ja, Tisa's moeder doet niets liever dan de hele dag praten,' zegt Robbe.

'Robbe, doe niet zo stom!' roept Tisa en ze geeft Robbe ook een stomp.

Gelukkig lacht ze erbij.

Zelfs Bas lacht, maar hij voelt zich nog niet zo blij en vrij.

'Ik weet niet wat ik tegen ze moet zeggen.

Wat moet ik tegen Nadia zeggen?' vraagt hij.

'Nadia begrijpt heus wel hoe het is, als het thuis niet goed gaat,' zegt Tisa.

'Hoezo?' vraagt Bas.

'Nadia's moeder praat thuis alleen Marokkaans.

Maar Nadia praat liever Nederlands.

Dus zij heeft ook veel ruzie thuis,' legt Tisa uit.

'Echt?' Bas is verbaasd.

Dat wist hij niet eens!

'Daarom komt Nadia zo graag bij ons.

Bij mijn moeder, die de hele tijd Nederlands praat!' grijnst Tisa.

Ze draait zich om en gaat boven aan de vlizotrap staan.

'Gaan jullie mee naar de keuken?

Voor de spinnen ons vinden?' vraagt ze.

'Gatver, vieze, dikke zolderspinnen,' zegt Robbe, alsof hij daar nu pas aan denkt.

'Kom op Bas,' zegt hij.

Hij duwt Bas vooruit, naar de trap toe.

'Hoe eerder je dit oplost, hoe beter,' zegt hij.

'Jullie hebben gelijk.

Ik pak mijn laptop en kijk waar Nadia en Karim zijn,' zegt Bas.

Hij kijkt naar Tisa en Robbe, die ineens stilstaan en niets meer zeggen.
Als Bas langs hen heen naar beneden kijkt, ziet hij waarom ze stil zijn.

Ewa staat onderaan de zoldertrap.
Haar gezicht is bleek.
Ze kijkt ernstig.
'Misschien kan de laptop wachten, Bastiaan.
Wij moeten eerst praten,' zegt ze.
'Kom op Robbe,' zegt Tisa.
Ze geeft Robbe een duw, zodat hij snel naar beneden klimt.
'Ik heb zo'n dorst!' zegt Tisa.
'Ik moet echt even wat drinken in de keuken.
Jij hebt vast ook dorst gekregen, Robbe,' zegt ze.
'Dat valt wel mee, hoor,' zegt Robbe.
'Ik zie aan je, dat je echt ontzettend veel dorst hebt,' zegt Tisa langzaam.
'Nee hoor, ik heb echt geen dorst,' zegt Robbe.
Tisa zucht.
'Wij gaan even wat drinken en laten hen met rust,' legt ze aan Robbe uit.
Dan pakt ze Robbes hand en draait zich om naar Bas.
'Wij wachten op je in de keuken.'
Bas knikt.
Ewa blijft Bas aankijken.
Ze houdt haar hoofd een beetje scheef.
Er zit een rimpel boven haar neus.
Het licht valt op haar linker wang.
Die glimt een beetje.

Heeft ze gehuild?

'Bas, ik weet dat we elkaar niet zo goed begrijpen,' zegt Ewa.

'Op verschillende manieren niet.

Het spijt me Bastiaan.

Wat je daarboven zei, is waar.

Ik moet beter mijn best doen.

En ik moet er goed om denken dat ik jouw moeder niet ben.

En je vader, hij moet ook meer zijn best doen.'

Bas zegt niets.

Hij kan niets bedenken om te zeggen.

Kunnen hij en Ewa het zo oplossen?

Zo snel?

'Het kost tijd,' knikt Ewa, alsof ze weet wat hij denkt.

'Ik kan niet meteen, zomaar, anders,' stottert Bas.

'Bas, we kunnen het in elk geval samen proberen. Alsjeblieft?'

Ewa kijkt zo ernstig.

Alsof ze het echt meent.

Spontaan steekt Bas zijn hand uit, naar Ewa's hand.

Waarom niet.

Hij kan wel moeilijk doen.

Maar het is al zo'n puinhoop geworden, allemaal.

'Goed,' zegt hij. 'Vrienden.'

HOOFDSTUK 14

Een kans

(donderdagmiddag)

Zodra Bas 'vrienden' zegt, begint Ewa stralend te
lachen.
Ze grijpt Bas zijn hand beet en schudt hem op en neer.
'Je maakt me daar zo blij mee!
Ik ben zo trots op jou, dat je ons nog een kans wil
geven,' zegt ze.
Ze blijft zijn hand vast houden.
En ze kijkt hem zo vriendelijk aan.
'Ik heb iets heel stoms gedaan, deze week,' flapt Bas
eruit.
Hij schrikt er zelf van.
Durft hij dat, Ewa in vertrouwen nemen?
Maar Ewa blijft zijn hand stevig vasthouden.
En ze blijft vriendelijk kijken.
'Ik hoorde je daar ook over praten, Bas.
Weet je, iedereen doet wel eens iets doms.
Ik doe heel veel stomme dingen,' zegt ze.
'Echt?' vraagt Bas.
'Ja, ik ben daar een grote kampioen mee.
Niet praten met de zoon van mijn man.
Dat was heel dom van mij.'
Ewa knijpt even in Bas zijn hand.
'Kom, dan maak ik *herbata* voor ons.
Je vrienden lusten ook wel wat, denk ik,' zegt ze.

Bas loopt achter Ewa aan naar beneden.
Ewa praat vrolijk verder:
'Mijn moeder belt vaak op.
Dan vraagt ze: "Hoe gaat het met Bastiaan?"
Dan zeg ik, "die arme Bastiaan, daar krijg ik maar geen contact mee.
Wat moet ik nou doen?"
"Praten," zegt mijn moeder dan.
Maar dan zeg ik: "ik weet niet wat ik moet zeggen."
Dus ik ga het niet eens proberen.
Maar ze heeft gelijk natuurlijk, ik moet het wél proberen!
Moeders hebben altijd gelijk.'
Bas knikt.
Eigenlijk praat Ewa heel leuk.
Zelfs nu ze over moeders praat.
'Ik ben daar kampioen mee,' dat klinkt best grappig.
En *herbata*, daarmee bedoelt ze thee.
Ewa vraagt hem elke morgen of hij dat wil drinken.
Dan doet Bas altijd net of hij haar niet begrijpt.
Maar dat is natuurlijk dom, hij weet allang dat *herbata* thee is.
En *jajka's* zijn eieren.
Dat weet hij ook best, maar hij doet altijd alsof hij er niets van begrijpt.
Belachelijk, eigenlijk.
Hij is zelf ook dom geweest.

Bas haalt diep adem en gaat rechtop staan.
Misschien kan het wel.
Hij en Ewa kunnen vrienden worden.
Hij kan het goedmaken met Karim en Nadia.
En van die Erwin komt hij ook wel af.

Ewa zet thee.
En ze haalt koekjes uit de kast.
Tisa en Robbe drinken de thee op hun gemak.
Alsof het heel gewoon is, dat ze zo samen in de keuken
zitten.
'Lekkere thee, Ewa,' zegt Tisa.
Maar Bas houdt zijn theekopje stevig vast.
Dan weet hij tenminste waar hij zijn handen moet laten.
Hij voelt zich nog best bibberig.
'Zo, en nu wil ik alles weten over die andere jongen.
Erwin, heet hij toch?
De jongen waar jouw neef mee omgaat?
Is daar nog een probleem mee?' vraagt Ewa.
Ze kijkt naar Robbe.
'Erwin is een klootzak,' zegt Tisa meteen.

'Wat is een klootzak?' vraagt Ewa.

'Het is geen leuke jongen,' zegt Robbe.

'Nee, ik vond hem ook niet echt leuk hoor,' zegt Ewa.

'Erwin loopt altijd overal over te klagen,' legt Robbe uit.

'Toen de aula op school werd gesloten, zei Erwin dat het kwam door Karim en zijn vrienden.

Omdat ze te wild doen tijdens het eten.

Maar de aula was gewoon dicht omdat er een lek was.

En Erwin roept steeds dat er zoveel fietsen uit het fietsenhok worden gestolen.

Maar niemand is echt zijn fiets kwijt.'

Robbe gaat staan en begint onrustig door de keuken te lopen.

'Ik mag hem echt niet.

Echt niet.

Die Erwin doet altijd alsof hij superbraaf is.

Alsof hij alles beter weet.

Maar hij stookt iedereen op, tot er ruzie is.'

Ewa vult de theekopjes bij.

'Ik ken zulke jongens,' zegt ze.

'Ze doen lelijk tegen anderen, maar vriendelijk tegen jou.

Dan voel jij je speciaal.

En voor je het weet, hoor je bij hen.'

'Ja, zo is het.

Zo ging het precies,' zegt Bas verbaasd.

Hoe weet Ewa dat toch allemaal?

Hij dacht dat ze alleen maar kon roddelen.

Maar hij heeft zich vergist.

Ewa is veel slimmer dan hij dacht.

'Erwin zei tegen mij, dat ik geen vrienden meer heb.

Dat ik alleen nog bij zijn club kan komen,' zegt hij.

'Hmm, zo begon het bij mijn neef ook,' zegt Robbe.
'Erwin bleef met hem praten, tot mijn neef ruzie had
met al zijn vrienden.'
'Dit moeten we stoppen voor het erger wordt,' zegt Tisa.
'Maar hoe dan?' vraagt Bas.
'We moeten zorgen dat iedereen ziet hoe gemeen Erwin
kan doen,' zegt Robbe.
'Dat helpt niet.
Zijn vrienden vinden hem toch wel geweldig,' zegt Bas.
'Ja, die vinden het juist stoer als hij gemeen doet,' zegt
Tisa.
Het wordt heel stil rond de tafel.
Iedereen heeft het plotseling druk met zijn kopje thee.
Tisa roert heel lang.
Ze heeft niet eens suiker in haar thee.
Robbe gaat weer zitten.
Hij blaast in zijn theekop alsof de thee nog heet is.
'Jullie moeten niet laten zien dat Erwin gemeen is,' zegt
Ewa dan.
Ze kijkt iedereen om de beurt aan.
'Nee, jullie moeten laten zien wie Bas is!
Laat ze weten hoe Bas over Erwin en zijn vriendenclub
denkt.'
Tisa begrijpt als eerste wat Ewa bedoelt.
Ze springt op van haar stoel.
'Dat is een geweldig idee!' roept ze.
'En ik weet precies hoe we dat kunnen doen!'

HOOFDSTUK 15

Nee tegen Erwin

(dinsdagmiddag)

'Ik wil niet meer,' zegt Bas.
Hij staat in de gang van school, vlakbij de deur.
Als hij door die deur gaat, dan staat hij op het plein.
Dan begint het Grote Plan.
Bas, Tisa, Robbe, Karim en Nadia hebben het gisteren
samen uitgedacht.
In de keuken van Bas, met *herbata* van Ewa.
Het leek zo makkelijk, toen ze erover aan het praten
waren:
'We moeten ervoor zorgen, dat Bas en Erwin elkaar
tegenkomen op het schoolplein,' vond Tisa.
'Dan kan hij nee zeggen tegen Erwin.
Alle leerlingen horen het dan.
Dan is het in één klap duidelijk.'
'En hij moet Erwin boos maken,' zei Robbe.
'Dan ziet iedereen dat Erwin helemaal niet stoer of knap
is.'
'Maar Erwin is bijna nooit op school,' zei Bas.
'Hij spijbelt echt heel veel.'
'Dus moeten we hem lokken,' zei Nadia.
'En ik weet hoe.
Bas, wil jij mij nog een keer uitschelden voor
mekkerende geit?
Op het plein, waar iedereen het kan horen?'

'Wat hebben we daar nou aan?' vroeg Bas.
'Daarmee lokken we hem, domkop,' zei Karim.
Karims ogen stralen van pret.
'Lekker fout, daar hou ik van,' zei hij.

De rest van de avond hebben ze over Nadia's plan
gepraat.
En nu gaat het echt gebeuren!
Maar Bas vindt het zo eng, dat hij er misselijk van
wordt.
Hij draait zich om.
Het liefst loopt hij de school weer in.
Hij kan alles vertellen aan meneer Woudenberg.
Dan lost meneer Woudenberg het maar op.
Hij is de volwassene.
Maar Tisa grijpt Bas bij zijn mouw beet en houdt stevig
vast.
'Kom op nou!
Het is de enige manier,' zegt ze.
Karim trekt de schooldeur open.
Hij hijgt omdat hij hard gerend heeft.
'Waar blijf je nou?
'Nadia is er helemaal klaar voor en nu ben jij er niet,'
zegt hij.
'Bas komt eraan,' zegt Tisa.
'Misschien moet ik hem eerst nog even kwaad maken,'
grinnikt Karim.
Hij port Bas tussen zijn ribben.
'Selam, selam, selam,' zegt hij.
Bij elke groet geeft hij Bas een nieuwe por.
'Rot op,' bromt Bas.
Maar Karim blijft om hem heen springen.

En het werkt!
Bas voelt dat hij steeds bozer wordt.
'Rot op, Karim,' zegt hij.
Karim grijnst. 'Goed zo, Bas.'
'Je kunt het, Bas,' zegt Tisa.
'Goed, ik ga naar buiten,' knikt Bas.
'Yes, de show gaat beginnen,' zegt Karim.
Hij rent de deur weer uit, naar het plein.
Tisa slaat Bas vriendschappelijk op zijn schouder.
Daarna geeft ze hem een flinke duw in zijn rug.
'Oké, oké, ik ga al,' zegt Bas.

Met grote passen loopt Bas het plein op.
Het is er erg druk.
Veel klassen hebben tegelijk pauze vandaag.
Dat is altijd zo op dinsdag.
Daarom hebben ze ook voor deze dag gekozen.
Er zijn veel leerlingen op het plein, maar Erwin is er niet.
Hij spijbelt natuurlijk weer.
Als Bas over het plein loopt, voelt hij dat veel leerlingen
naar hem kijken.
Hun ogen prikken in zijn rug.
De meeste leerlingen weten niet wat hij van plan is.
Als het maar lukt.
Straks denken ze nog, dat hij de echte rotzak is.
Daar staat Nadia.
Het lijkt niet alsof ze op hem wacht.
Ze staat rustig te kletsen met een paar vriendinnen.
Alsof er niets aan de hand is.
Eigenlijk wordt Bas daar nog zenuwachtiger van.
Straks is Nadia hun afspraak vergeten!
Nee, dat kan niet.

Karim kwam net nog vragen waar hij bleef.
Bas veegt zijn vochtige handen droog aan zijn broek.
Hij knijpt zijn ogen dicht en probeert zijn boze gevoel
terug te krijgen.
Het gevoel dat lijkt op een razend vuur.
Iets waardoor hij niet meer kan denken en alleen maar
doet.
'Eerst denken, dan doen.' Dat zegt zijn vader vaak.
Plotseling komt het boze gevoel terug.
Dat komt omdat hij aan zijn vader denkt.
Zijn vader, die nooit meer thuis is en altijd maar werkt.
Alsof het hem niets kan schelen dat hij een zoon heeft.
Bas loopt recht op Nadia af en geeft haar een flinke duw.
'Ben je hier nu nog steeds?' vraagt hij luid.
Het gaat goed. Zijn stem klinkt nu echt gemeen.
'Wat bedoel je?' vraagt Nadia.
Ze loopt een stukje achteruit, bij hem weg.
Precies zoals ze hebben afgesproken.
Maar Bas schrikt er toch een beetje van.
Zijn boze gevoel wordt snel minder.
Nadia ziet er echt bang uit.
Kan ze zo goed toneelspelen, of is ze echt bang voor
hem?
De vorige keer was Bas trots toen Nadia bang van hem
werd.
Dit keer voelt het heel anders.
Maar hij moet doorzetten.
Anders mislukt het plan.
Bas haalt diep adem en denkt nu aan Erwin.
Hij denkt vooral aan hoe Erwin grijnsde toen hij zei dat
Bas geen vrienden meer had.
Ja, dat helpt!

Bas kijkt Nadia recht aan.
'Ik bedoel dat je moet oprotten,' zegt hij zo luid als hij
kan.
Hij gluurt om zich heen.
Zei hij dat luid genoeg?
De leerlingen op het plein staan stil en kijken naar Bas
en Nadia.
Ha, dat is goed! Iedereen moet het zien.
Nadia doet alsof ze erg geschrokken is.
'Sta je hier nou nog?
Ik ben toch duidelijk,' zegt Bas.
'Maar... wij zijn toch vrienden, Bas?' vraagt Nadia.
Haar stem klinkt zielig en ze duikt een beetje in elkaar.
Het lijkt alsof ze echt heel erg bang is voor Bas.
'Ik heb geen vrienden zoals jij,' zegt Bas.
Hij kijkt rond tot hij een van Erwins vrienden ziet.
'Ik heb alleen echte vrienden, zoals hij,' zegt hij dan.
Hij wijst naar de vriend van Erwin.
Dan grijnst hij nog een keer heel gemeen naar Nadia.
Nadia doet alsof ze begint te huilen.
Ze doet het heel goed, het klinkt alsof het echt is.
'Huilebalk,' zegt Bas.
Hij loopt weg, met grote, stoere stappen.
Hij loopt zonder omkijken direct de school in.
Precies zoals ze hebben afgesproken.
Tisa en Karim gaan onopvallend voor de deur staan.
Als iemand achter Bas aangaat, houden zij hem tegen.
Want niemand mag achter hem aankomen.
Dat zou het hele plan bederven.

Als Bas weer in de gang van de school staat, trillen zijn
benen.

En zijn handen trillen ook.
Dit was pas het eerste deel van het plan.
Zal het lukken?
En gaat het wel goed met Nadia?
Stel je voor dat Erwins vrienden nu op haar gaan
schelden!
Bas heeft pijn in zijn buik, zo nerveus is hij.
Dan ziet hij dat Tisa binnenkomt.
Ze steekt haar duim op en lacht naar hem.
Meteen is Bas opgelucht.
Dat betekent, dat alles goed gegaan is.
Precies volgens het plan!
Bas loopt recht op Tisa af en slaat zijn armen om haar
heen.
Tisa knuffelt hem terug.
'Je deed het geweldig.
Het is vast gelukt,' zegt ze.
'Het moet gelukt zijn.
Nu is Erwin aan de beurt en moeten wij wachten.'

HOOFDSTUK 16

Mislukt?

(dinsdagmiddag)

'Het is mislukt,' zegt Bas.
'Erwin trapt er niet in.
We hebben het verkeerd aangepakt.'

Bas zit in zijn eentje aan de keukentafel.
De rest van de keuken is leeg.
Ewa is naar de WC gegaan.
Tisa en Robbe zitten op de overloop.
Ze hebben zich verstopt achter het traphek.
Ewa heeft een paar grote handdoeken over het traphek
gehangen.
En de deur naar de keuken staat open.
Tisa en Robbe kunnen precies de keuken in kijken.
Zo kunnen zij Bas zien en horen.
Maar anderen kunnen Tisa en Robbe niet zien.
Als Erwin nu komt, ziet hij hen niet.
'De vorige keer was Erwin heel snel bij je.
Na de echte ruzie, bedoel ik,' zegt Tisa.
'Hij had vast door dat het deze keer nep was,' zegt
Robbe.
'Zo jammer,' zegt Tisa.
Ze zucht diep.
Bas strekt zijn armen boven zijn hoofd en rekt zich uit.
Ze zitten al uren te wachten.

Hij heeft echt genoeg van het wachten.
Ewa komt de keuken weer in.
'Is hij er nog steeds niet?' vraagt ze.
'Nee.' Bas schudt zijn hoofd.
'Er staat niet eens iets op internet,' zegt Robbe.
'Misschien heeft niemand het aan hem verteld,' zegt Tisa.
'Waarom kijken jullie op internet?' vraagt Ewa.
'Erwin zet alles op internet.
Hij loopt de hele dag op zijn mobiel te tikken,' zegt Robbe.
Hij zwaait met zijn eigen toestel.
'Ik zie geen enkel berichtje van hem,' zegt hij.
'Jullie mogen wel naar huis gaan, hoor,' zegt Bas.
Hij strekt zijn benen uit onder de tafel.
Hij is helemaal stijf geworden van het lange wachten.
En hij heeft zin om Minecraft te spelen.
'Ja, gaan jullie maar naar huis,' zegt Ewa.
'Hoeft niet.
Ik hou het goed vol,' zegt Tisa.
'Dat is het niet.
Bas zijn vader kan elk moment komen.
Best gek, als jullie dan op de trap zitten,' zegt Ewa.
'Je zei dat we hier onzichtbaar zijn,' zegt Robbe.
Hij schuift meteen de handdoeken wat dichter naar elkaar toe.
'Je bent ook onzichtbaar.
Maar niet voor iemand die de trap op wil,' glimlacht Ewa.
'Dat is waar,' geeft Tisa toe.
'En Erwin komt toch niet.
Hij heeft vast iets anders te doen,' zegt Robbe.

Tisa haalt haar schouders op.
Ze loopt naar beneden en een paar tellen later volgt
Robbe ook.

Precies als Robbe en Tisa de keuken inlopen, gaat de
achterdeur open.
Bas en Robbe houden hun adem in.
'Nee hè, niet nu,' zucht Tisa.
'Nou zeg?
Wat is 'Nee-hè' voor een begroeting?' vraagt de vader
van Bas.
Bas zucht opgelucht.
Stel je voor dat het Erwin was geweest.
Precies nu iedereen in de keuken staat!
Dan was het hele plan meteen mislukt.
'Wat is het hier druk.
Wat is er aan de hand?' vraagt Bas zijn vader.
Tisa, Robbe en Bas kijken elkaar aan.
Niemand geeft antwoord.
Bas haalt zijn schouders op.
Meteen verschijnt er een dikke, boze frons op zijn
vaders voorhoofd.
'Bastiaan Nobel, vertel op, wat heb je nu weer
uitgespookt?'
Meteen begint iedereen door elkaar te praten.
'Hij heeft helemaal niets gedaan,' zegt Tisa.
Ze gebaart heftig terwijl ze praat.
'Bas wilde juist helpen,' roept Robbe dwars door de zin
van Tisa heen.
De rest van Robbe zijn zin kan Bas ook niet verstaan.
Ewa praat en gebaart al net zo heftig als Tisa.

Het is een grote, verwarrende mix van geluid en gebaren.
En in zijn gedachten blijft Bas de woorden van zijn vader horen:
'Wat heb je nu weer uitgespookt?'
Bas loopt achteruit, bij de groep vandaan.
Het wordt hem allemaal teveel.
De spanning om Erwin, de geluiden, zijn vader die alweer boos is.
Hij hoopt dat hij naar boven kan gaan.
Daar is het tenminste stil.
En omdat hij achteruit loopt, is Bas de enige die ziet dat de achterdeur opnieuw opengaat.
En hij herkent meteen die stomme, dikke, blauwe jas.
Erwin!
Bas blijft doodstil staan.
'Gezellige boel hier,' zegt Erwin.
'Mag ik meedoen?'
Meteen stopt iedereen met praten en gebaren.
Tisa staart naar Erwin.
Het lijkt alsof ze een spook ziet.
Haar mond hangt een beetje open.
Robbe kijkt al net zo geschrokken.
Ewa is een stukje achteruit gelopen.
Ze heeft haar lippen op elkaar geperst en kijkt boos naar Erwin.
Alleen Bas zijn vader doet heel gewoon.
Hij weet natuurlijk ook niets van het plan.

'Zo, ben jij ook een vriend van Bas?' vraagt hij aan Erwin.
'Dat zou ik wel denken meneer,' zegt Erwin.

'Fijn je te ontmoeten.'
De vader van Bas steekt zijn hand uit naar Erwin.
Erwin geeft Bas een knipoog.
Dan schudt de hand van Bas zijn vader.
'Ik ben Erwin te Velden,' zegt hij.
'Ik ken Bas van school.'
'Nou, ik hoop dat mijn zoon beter met jou omgaat dan
met zijn andere vrienden,' zegt de vader van Bas.
Bas krijgt het ineens heel erg heet.
Waarom zegt zijn vader dat?
'Ik behandel mijn vrienden prima!' zegt hij fel.
'Ja? Dacht je dat?' zegt Robbe.
Bas voelt zijn benen slap worden van schrik.
Waarom valt Robbe hem ineens aan?
Tisa loopt naar Bas toe.
Ze staat vlak voor hem.
En leunt nog een beetje naar voren.
Haar neus raakt bijna die van Bas.
'Jij behandelt ons helemaal niet goed,' zegt ze.
'Wat?' vraagt Bas geschrokken.
Tisa zegt: 'Je bent een akelig, misselijk mannetje, Bas.
Zoals jij tegen mijn vrienden praat, dat pik ik niet!
Nadia en Karim zijn mijn vrienden en niet meer die van
jou.
En ik wil ook niets meer met jou te maken hebben.
Stomme Bastiaan Nobel.
Rot maar op naar je nieuwe vriendjes.'
'Wat?' vraagt Bas nog een keer.
Zijn buik doet opeens pijn.
En zijn armen voelen aan alsof ze van kauwgom zijn
gemaakt.
Wat is er aan de hand?

Ze waren toch weer vrienden?
Hij kijkt langs Tisa naar Robbe.
Die heeft zijn handen in zijn zij gezet.
Hij kijkt al net zo boos als Tisa.
Maar dan geeft hij Bas snel een knipoog.
En ineens snapt Bas het helemaal!

HOOFDSTUK 17

Een nieuwe ruzie

(dinsdagmiddag)

Bas begrijpt waarom Tisa ruzie met hem maakt!
O, wat slim.
Tisa maakt expres ruzie.
Erwin denkt dan dat Bas echt geen vrienden meer heeft.
Dan is het niet erg, dat ze betrapt zijn!

'Ik hoef jouw vriendschap niet, Robbe.
En jij bent een stomme koe, Tisa!' roept hij uit.
'Jij bent net zo dom als je stomme geitenvriendinnetje.
Ik hoef jullie vriendschap helemaal niet.
Rot op, mijn huis uit!' zegt hij.
Robbe en Tisa kijken elkaar aan.
Ze lijken echt geschokt.
Tisa heeft zelfs tranen in haar ogen.
Bas hoopt maar, dat hij de knipoog van Robbe goed
heeft begrepen.
'Zo, zo, zo,' zegt Erwin.
Hij gaat naast Bas staan en legt een arm om zijn
schouders.
'Opdonderen!' roept Bas naar Tisa.
Maar dan gebeurt er iets onverwachts.
'Is het nu uit met die onzin?' vraagt de vader van Bas.
Meteen kijkt iedereen naar hem.
Oei, denkt Bas.

'Praat jij zo tegen je vrienden?' vraagt zijn vader.
'Dit zijn mijn vrienden niet,' zegt Bas.
Zijn gezicht wordt helemaal warm en rood.
Hij voelt het gebeuren.
Liegen tegen zijn vader, dat lukt hem helemaal nooit.
Maar nu moet hij wel!
'Ik ben erg teleurgesteld in jou, Bastiaan,' zegt zijn
vader.
'Ik dacht dat jij een goede vent was.
Iemand waar mensen op kunnen rekenen.
Maar hoe jij met je vrienden omgaat, dat is vreselijk!'
Bas voelt hoe hij steeds warmer wordt.
En Erwin staat ook nog naar hem te kijken.
Die verwacht natuurlijk een stoer antwoord.
Een echte ruzie.
Bas wil een goed antwoord geven.
Maar hij kan niet bedenken wat hij moet zeggen.
Het wordt heel stil in de keuken.
'Nou, ik weet genoeg.
Als je er zo over denkt, Bas, dan rot ik wel op!' zegt Tisa
dan.
Ze grist haar jas van de stoel.
Dan zegt ze tegen de vader van Bas:
'Sorry meneer Nobel, maar uw zoon is helemaal gek
geworden.
Hij zoekt het zelf maar uit.
Kom je mee, Robbe?
Ik moet hier weg.'
'Dat is echt een heel goed plan,' knikt Robbe.
Terwijl hij dat zegt, kijkt hij Bas recht aan.
Bas kan wel juichen.
Hij begrijpt waarom Robbe het woord 'plan' gebruikte.

En die knipoog heeft hij ook goed begrepen.
'Dag, hoor,' zegt hij.

Tisa steekt haar tong uit naar Bas, voor ze wegloopt.
'Ik ben sprakeloos, Bas,' zegt Bas zijn vader.
Hij zucht overdreven diep en kijkt Bas hoofdschuddend
aan.
'Je bent al bevriend met Tisa sinds...' Hij denkt even na.
'Sinds de kleuterschool,' vult Bas aan.
Hij werpt een vlugge blik op Erwin, die tevreden
rondkijkt.
'En helaas is Tisa een kleuter gebleven,' zegt hij.
'Ze is boos omdat ik vind, dat Karim en Nadia maar
eens goed Nederlands moeten leren.
Want zij doen niet eens hun best om het te leren.
Het is echt té dom om buitenlanders altijd maar hun zin
te geven.'
'Zeg! Ben jij misschien vergeten waar je stiefmoeder
vandaan komt, Bas?' vraagt zijn vader.
Bas kijkt naar Ewa.
Moet hij nu ook ruzie met haar maken?
Hij twijfelt.
Maar Ewa pakt een theekopje van tafel en gooit het op
de keukenvloer!
'Ik word zo boos van die jongen!' roept ze erbij.
Ruziemaken, dus, denkt Bas.
'Bas, kijk nu eens hoe boos je Ewa maakt!' zegt zijn
vader.
Hij gebaart naar de scherven op de vloer.
'Dat was een mooi theekopje,' zegt hij.
Bas ziet dat Ewa 'kom maar op'-gebaren met haar
armen maakt.

'Maak ruzie met me,' zegt ze, zonder geluid te maken.

Nu pas heeft Bas door dat Erwin en zijn vader naar het kapotte kopje kijken.

Slimme Ewa: ze leidde Erwin en zijn vader met opzet af!

Nu kan ze hem vertellen wat hij moet doen.

Bas kan zich niet meer voorstellen, dat hij ooit dacht dat Ewa dom en gemeen was.

Hij geeft haar een dikke knipoog.

'Wat?' vraagt hij uitdagend aan zijn vader.

'Het is toch waar?

Er woont bijna geen Nederlander meer in Nederland.

De buitenlanders graaien onze centen weg.

En ze stelen onze spullen.

Tisa en Robbe snappen dat niet.

Erwin wel.'

'Bastiaan Nobel!' zegt zijn vader streng.

'Ik verlang van je dat je "sorry" zegt.

Tegen je vrienden en tegen Ewa.'

'Nooit!' roept Bas.

Zijn vader kijkt Bas eerst boos en daarna verdrietig aan.

Bas slikt. Hij wil zo graag zeggen dat hij er niets van meent!

Maar dan weet Erwin dat meteen ook.

Nee, hij moet doorzetten.

'Ik ga nadenken over je straf,' zegt zijn vader.

'Het is jammer dat het zo moet gaan.'

Hij klinkt nu alleen nog maar verdrietig.

'Ik ga nu,' zegt hij tegen Ewa.

'Ik kan die jongen echt even niet zien.

Het spijt me dat ik jou alleen laat met hem.

Maar als ik blijf...

Ik weet niet wat ik dan doe.'

'Maak je geen zorgen.
Ik ga naar boven.
Ik kan hem ook niet zien,' zegt Ewa.
Bas zijn vader kust Ewa snel op haar wang.
Dan loopt hij de deur uit.
Ewa kijkt Bas lang aan.
Ze zegt niets, maar in haar ogen ziet hij haar glimlach.
Dan loopt ze de keuken uit, door de andere deur.
Even later ziet Bas, dat ze de trap oploopt.
'Zo, zo, zo,' zegt Erwin.
Hij loopt naar het aanrecht en pakt een vel
keukenpapier.
Daarna loopt hij naar het kapotte theekopje.
Voorzichtig raapt hij de scherven op.
'Ik kwam net op tijd, geloof ik,' zegt hij.
'Tja,' zegt Bas.
'Net op tijd om te zien dat jij nieuwe vrienden nodig
hebt,' zegt Erwin.
'Weet ik veel,' zegt Bas.
Hij geeft met opzet vage antwoorden.
Het is niet de bedoeling dat hij nu al 'ja' zegt!
'Je moet bij onze club komen, Bas.
Je hoort bij ons,' zegt Erwin.
'Misschien,' zegt Bas voorzichtig.
'Het wordt tijd dat je kiest, Bas,' zegt Erwin.
Hij gebaart naar de deur.
'Je oude vrienden,' zegt hij.
Dan wijst hij op zichzelf.
'Of je nieuwe,' zegt hij.
Bas zwijgt.
'Kiezen, Bas, je moet kiezen,' zegt Erwin.
'Goed dan. Morgen,' zegt Bas.

'Wat morgen?' vraagt Erwin.
'Op het plein in de eerste pauze.
Bij het standbeeld.
Dan zeg ik het je,' zegt Bas.
'Goed zo!
Ik weet zeker dat je de juiste beslissing neemt,' roept
Erwin.
Hij geeft Bas een knallende klap op zijn schouder.
Bas krimpt in elkaar.
Erwin lijkt dat niet te merken.

Als Erwin opgerot is, raapt Bas de laatste scherven van
het theekopje op.
Hij voelt zich moe en slap.
Echte ruzie of nepruzie, het is allemaal erg.
Hij merkt dat Ewa achter hem komt staan.
'Nu is mijn vader boos,' zegt hij.
'Ja,' zegt Ewa.

HOOFDSTUK 18

Wie wint?

(woensdagochtend)

Weer staat Bas in de gang voor de schooldeur.
Gek genoeg is hij deze keer helemaal niet zenuwachtig.
Hij is juist boos.
'Hij kwam niet eens thuis,' zegt hij tegen Tisa en Robbe.
'Wie kwam niet thuis?' vraagt Tisa.
'Mijn vader!
Eerst denkt hij dat ik jullie uitscheld,' zegt Bas boos.
'Nou ja, dat was ook wel een beetje zo, hè?' zegt Robbe.
Tisa grinnikt.
Bas praat gewoon verder:
'Dan heeft hij het over straf.
En dan gaat hij weg.
Hij kwam niet eens terug voor die straf!
Dat is toch stom?'
'Rustig maar,' sust Robbe.
'Niks rustig maar,' zegt Tisa.
'Het is juist goed dat Bas kwaad is.
Dat kan hij gebruiken als hij met Erwin praat.'
Bas kijkt door de voordeur.
Het plein is vol.
Niemand weet wat Bas van plan is.
Zo kan niemand het plan per ongeluk verraden.
'Ik zie Erwin helemaal niet,' zegt Bas ongerust.
'Hij komt vast pas als jij er bent, Bas.

Erwin vindt zichzelf nogal belangrijk.
Hij wil natuurlijk niet als eerste bij het standbeeld
staan,' zegt Tisa.
'Nou, dan ga ik maar,' zegt Bas
Tisa trekt Bas zijn jas recht.
Dat is helemaal niet nodig.
Zijn jas zit prima.
Maar Bas vindt het toch fijn dat ze het doet.
'Het gaat vast goed,' zegt ze.
'Ja, denk aan je vader!' zegt Robbe.
'Dan blijf je kwaad genoeg.'

'Ja, dat werkt wel,' zegt Bas.
Hij recht zijn schouders.
'Ik ga,' zegt hij.
Maar hij blijft toch staan.
'O, kom op!' zegt Tisa.
Ze duwt de deur open.
'Ga nou maar,' zegt ze.

Bas loopt rustig naar het standbeeld.
Daar blijft hij staan.
Het is vervelend om daar helemaal alleen te staan.
Waar moet hij zijn handen laten.
Waar moet hij naar kijken?
Hij begrijpt ineens, waarom Erwin niet als eerste bij het
standbeeld ging staan.
Dat is het moeilijkste!
Dan voelt hij in zijn broekzak dat zijn mobiel trilt.
Een Whatsapp!
Blij met de afleiding haalt hij het toestel uit zijn zak.
'Kijk op je scherm, dan heb je wat te doen,' staat er.

Daarna krijgt hij een app van Robbe:
'*Maak je geen zorgen. Wij komen als we E zien.*'
En nog eentje van Tisa:
'*E schrikt zich kapot, straks!*'
En dan nog een, weer van Tisa:
'*Hij komt eraan!*' staat er.
Bas stopt zijn mobieltje terug in zijn zak.

Als hij opkijkt ziet hij Erwin.
Erwin kijkt vrolijk.
Hij steekt zijn hand uit naar Bas.
Bas doet net alsof hij dat niet ziet.
'Goed dat je er bent, Bas,' zegt Erwin.
Bas knikt.
Hij kijkt ernstig.
Alsof hij echt een moeilijke beslissing moet maken.
Dan gluurt hij onder zijn haar door en grijnst.
'Het is heel erg goed dat jij er bent, Erwin,' zegt hij.
'Wat bedoel je?' vraagt Erwin.
'Dat ik blij ben dat jij er bent.
Hier op het plein.' Bas gebaart om zich heen.
Erwin kijkt ook om zich heen.
Er staat een grote kring leerlingen om hen heen.
'Nu kan iedereen horen wat ik zeg,' zegt Bas.
'Dat is wel slim,' zegt Erwin opnieuw.
Hij lacht nog steeds.
Maar hij lacht niet meer zo heel vrolijk.
'Wat ben je aan het doen, Bas?' vraagt hij.

Erwin kijkt nu heel ernstig.
Hij heeft wel door dat er iets aan de hand is.
Maar hij weet niet wat er is.
'Het was de bedoeling dat we samen op dit plein
zouden staan.
Zo kan iedereen zien dat ik NEE tegen je zeg,' zegt Bas.
'Wat?' Erwin kijkt om zich heen.
'Je hoort het goed Erwin.
Ik zeg NEE tegen je,' zegt Bas heel duidelijk.
'Nee tegen je ideeën.
Nee tegen je club.

Nee tegen jou en je vrienden.'
Even is het heel stil op het plein.
'Nou ja, als jij liever helemaal alleen bent, zonder
vrienden,' zegt Erwin.
Hij haalt zijn schouders op en kijkt grijnzend om.
Achter hem staan zijn eigen vrienden.
Het zijn er niet eens zoveel.
Maar Erwin blijft stoer doen.
'Voor ons alleen maar makkelijker, als we je te grazen
willen nemen,' zegt Erwin.
'Niet zo heel gemakkelijk,' zegt Karim.
Hij gaat achter Bas staan.
'Hij heeft nog wel een paar vrienden over,' zegt Robbe.
Hij gaat ook achter Bas staan.
'Mij bijvoorbeeld,' zegt Tisa.
Ze gaat ook achter Bas staan.
'En mij,' zegt Nadia.
Ze loopt ook naar Bas toe.
En ze kijkt tegelijkertijd andere leerlingen aan.
Het is alsof ze vraagt: 'En wie zijn vriend ben jij?'
Eerst blijft iedereen staan waar hij staat.
Dan loopt een vriendin van Nadia ook naar Bas toe.
Ze wenkt naar haar andere vrienden.
Zij lopen ook naar Bas toe.
Steeds meer leerlingen lopen naar Bas toe.
Er lopen maar een paar jongens naar Erwin toe.
En die jongens kijken niet eens blij.
'Jammer, Erwin,' zegt Tisa,
'Het lijkt erop dat jij niet zoveel vrienden hebt.'
Bas loopt naar voren, tot hij vlak voor Erwin staat.
'Jij laat mij met rust.
Je laat mijn vrienden met rust.

En wij laten jou met rust.
Afgesproken?' zegt hij.
Erwin geeft Bas geen antwoord.
Hij kijkt naar zijn eigen vrienden.
Het zijn er niet veel, maar het zijn wel grote jongens.
Ze dragen kleding waardoor ze nog groter en breder lijken.
'Heb jij wel goed gekeken naar mijn vrienden?' vraagt Erwin.
Hij slaat zijn arm om de grootste jongen heen.
Die jongen slaat zijn armen over elkaar en kijkt stoer.
Erwin kijkt Bas strak aan.
'Als jouw vrienden tegen mijn vrienden gaan knokken, weet ik wel wie er wint,' zegt hij.
Hij kijkt Bas aan alsof hij wil zeggen: 'Daar kan jij niet tegen op.'

HOOFDSTUK 19

De geur van scheerschuim

(woensdagochtend)

Erwin en Bas staan recht tegenover elkaar op het plein.
Iedereen houdt zijn adem in.
Wordt het knokken?
'Jij wint niet van mij, jochie,' zegt Erwin.
Het klinkt dreigend.
Bas weet niet wat hij moet antwoorden.
Als hij achterom kijkt en hulp aan zijn vrienden vraagt,
dan heeft Erwin gewonnen.
En als hij iets stoms zegt, dan wint Erwin ook.
Daarom blijft hij Erwin recht in de ogen aankijken.
Erwin en Bas kijken elkaar recht in het gezicht aan.
Niemand durft zich te bewegen.
Na een paar minuten slaat Erwin zijn ogen neer.
'Laat ons met rust,' zegt Bas kalm.

Op dat moment is de pauze voorbij.
De rode lamp bij de schooldeur gaat branden.
Bas draait zich om.
Hij loopt tussen zijn vrienden door terug naar de
school.
Hij merkt dat iedereen achter hem aanloopt.
Hij doet de schooldeur open.
Hij blijft hem vasthouden om iedereen binnen te laten.
'Goed gedaan, joh,' zegt iemand tegen hem.

Andere leerlingen lachen naar hem.
En ze knikken vriendelijk naar hem.
Of ze zeggen iets als: 'Dank je wel,' of 'Dat was stoer,
Bas!'
Als de laatste leerling de school is ingelopen, kijkt Bas
nog even om.
Erwin staat eenzaam op het plein.
Hij ziet er ook niet meer stoer uit.
Eerder bang.
Bas heeft een beetje medelijden met hem.
Zo voelde hij zich vorige week.
Bang, alleen en boos.
Nu voelt Erwin zich precies zo.
Bas denkt erover om terug te lopen.
Hij kan iets aardigs tegen Erwin zeggen.
Dat ze best vrienden kunnen zijn, als Erwin niet altijd de
baas speelt.
Maar net als hij terug wil lopen, loopt Erwin weg.
Erwin maakt wilde gebaren met zijn handen.
Als hij bij zijn vrienden komt, geeft hij een van die
jongens een flinke klap.
Hij scheldt ook op hem.
Bas kan niet verstaan wat Erwin zegt.
Maar de andere jongen kijkt bang.
Bas schudt zijn hoofd.
Vrienden worden met Erwin lijkt onmogelijk.
Gelukkig heeft hij Tisa en Robbe.

Bas gaat de school in, naar zijn eigen vrienden.
Aan het einde van de gang is de aula.
Hij loopt wat vlugger.
Daar zijn Tisa en Robbe en zijn andere vrienden.

'Bas,' zegt iemand.
Bas herkent de stem meteen.
Hij stopt en kijkt om.
Daar, achter de pilaar, staat zijn vader.
'Ewa zei dat ik hierheen moest gaan,' zegt hij.
'Heb je... alles gezien?' vraagt Bas.
'Ik heb gezien hoe moedig mijn zoon is,' zegt zijn vader.
Hij kijkt Bas vriendelijk aan.
'Ewa heeft het allemaal uitgelegd.
Het spijt me dat ik zo tegen je tekeer ging.
Ik had moeten weten dat jij niet zo met je vrienden
omgaat.'
'Eigenlijk ging ik wel zo met ze om,' geeft Bas toe.
'Ik word soms zo kwaad.
Ik weet niet eens waarom.
En toen zei ik van die rare dingen tegen Karim en Nadia.
En later ook tegen Tisa en Ewa.
Ik meende ze wel en ik meende ze niet.
Het was echt heel gek.'
Zijn vader zegt: 'En ik liet het je helemaal alleen
opknappen.
Het spijt me, Bas.
Ik ben steeds meer gaan werken.
Dat deed ik omdat ik dan niet aan je moeder hoefde te
denken.
Maar dat is dom.
Ik moet minder werken en meer dingen samen doen.'
'Samen met Ewa?' vraagt Bas.
'Samen met jou,' zegt zijn vader.
'En soms ook met Ewa,' zegt Bas.
Zijn vader glimlacht.
Hij spreidt zijn armen uit.

Bas stapt naar voren, tot hij dicht tegen zijn vader aanstaat.

Dat wil hij al zo lang.

Gewoon een knuffel.

Ook al staan ze midden in de school.

Ook al kan iedereen hem zien.

Hij voelt zijn vaders armen, die hem stevig omhelzen.

Hij sluit zijn ogen en snuift.

Wasverzachter.

Spijkerstof en scheerschuim.

De beste geuren in de wereld.

2016

De Troef-reeks richt zich op lezers met een achterstand in de
Nederlandse taal, zoals dove en anderstalige kinderen en jongeren.
'De week waarin Bastiaan Nobel zich vreselijk vergiste' is geschreven voor jongeren.

Ingrid Bilardie, *De week waarin Bastiaan Nobel zich vreselijk vergiste*
Conny Boendermaker, *De nieuwe klas*
Conny Boendermaker, *Het verhaal van Anna*
Lisette Blankestijn, *Ontsnapt?*
Heleen Bosma, *Droomkelder*
Heleen Bosma, *Magie van de waarheid*
Nanne Bosma, *Thomas – een verhaal uit 1688*
Iris Boter, *Beroemd!*
Christel van Bourgondië, *De stem van Isa*
Stasia Cramer, *Te groot voor een pony*
Annelies van der Eijk e.a., *Breakdance in Moskou*
Lis van der Geer, *Eva's andere leven*
René van Harten, *Dansen!*
René van Harten, *Ik wil een zoen*
René van Harten, *Linde pest terug*
Anne-Rose Hermer, *Gewoon vrienden*
Anne-Rose Hermer, *Tessa vecht terug*
Anne-Rose Hermer, *Drinken!*
Anne-Rose Hermer, *Vermist!*
Marian Hoefnagel, *Blowen*
Marian Hoefnagel, *Twee liefdes*
Marian Hoefnagel, *Zijn mooiste model*
Ad Hoofs, *Er vallen klappen*
Ad Hoofs, *Rammen en remmen*
Sunny Jansen, *Winnen of verliezen*
Marte Jongbloed, *Mijn schuld*
Marte Jongbloed, *Een tiener als moeder*
Marte Jongbloed, *Mijn zus is verdwenen*
Joke de Jonge, *Geheime gebaren?*
Netty van Kaathoven, *Help! Een geheim*
Netty van Kaathoven, *Pas op, Tirza!*
Valentine Kalwij, *Een vriend in de stad*
Anton van der Kolk, *Het huis aan de overkant*
Anton van der Kolk, *Waar is Leila?*
Bianca Mastenbroek, *Zin in bloed*
Wajira Meerveld, *Haan zoekt kip zonder slurf*

Selma Noort, *Mijn vader is een motorduivel*
Marieke Otten, *Alle dagen druk*
Marieke Otten, *Dik?*
Marieke Otten, *Gewoon Wouter*
Marieke Otten, *Kebab en pindakaas*
Marieke Otten, *Laura's geheim*
Marieke Otten, *Mijn moeder is zo anders*
Marleen Schmitz, *Bram, zoon van een soldaat*
Chris Vegter, *Dierenbeul*
Chris Vegter, *Vogelgriep*
Marlies Verhelst, *Oog in oog*
Wajira de Weijer, *Haan zoekt huis met geluk*

Aan dit boek in de Troef-reeks is financiële ondersteuning verleend door het ministerie van OCW.

De Troef-reeks komt tot stand in samenwerking met de FODOK.

Vormgeving Studio Birnie
www.studiobirnie.nl
Illustraties Merel Corduwener
www.merelcorduwener.com

Eerste druk, eerste oplage 2014

ISBN 978 90 77822 59 3
NUR 284, 285 en 286

info@vantrichtuitgeverij.nl